YOUNG AGE小說鮮視界！

YA!

青春滿點！活力滿載！好看滿分！

闇靈特攻隊 1

青樹佑夜—著
綾峰欄人—圖

人物介紹

綾乃

擁有靈魂出竅能力的超能力少女，可以把意識具體化，也可以附身在別人身上。外型是個超級美少女，但也是個食量無敵的超級大胃王。

条威

擁有預知能力的超能力者，也是綾乃他們信任的領頭人物，在逃出綠屋後，就一直陷入昏迷狀態，清醒時最後留下的訊息是要找到名為『翔』的少年。

翔

平凡的國三生，興趣是模型與沉浸在自己的幻想世界裡，不過卻常常被老媽和兩個姊姊嫌棄。在遇見綾乃等人之後，他的生活起了不同以往的劇變。

燈山晶
翔就讀的學校的警衛，雖然是身材超級好的女生，舉止卻像男人一樣，也像男人一樣厲害。以前似乎做過什麼神秘的工作，懂得非常多的知識。
小龍
擁有操縱『氣』能力的超能力者，他有著中國的血統和外表，說起話來也帶點異國語調，是一個天真單純的少年。
海人
擁有操縱『火』能力的超能力者，從小在橫濱的無國籍街長大。雖然和綾乃同年，但身材非常高，說話有點粗魯，卻很重義氣。

生島荒太
綠屋的三位開發主任之一，負責追捕由綠屋逃亡的条威等人。他是組織內唯一知道条威能力的人，對条威充滿了興趣。
將
擁有瞬動力的超能力者，每秒鐘可以移動十公尺的距離，常在迅雷不及掩耳之間就把敵人擊垮。
麻耶
擁有心電感應和傳心術的超能力少女，可以改變人類的腦波，使他們看到不同的逼真幻象。外表像日本娃娃一樣清秀，但個性卻很糟。
猛丸
擁有念動力的超能力者。因為小時候常常被欺負，所以膽小的他在擁有超能力之後，就變得非常暴力，是綠屋裡的問題人物。

目次

序章

遠處傳來了狗的吠叫聲。

這種聽起來往同一個目標吠叫的聲音，不像是野狗，似乎正在追捕獵物。

那麼，就是獵犬了。

可是，現在已經過了午夜十二點，哪有人會在這種時間帶著獵犬出來打獵？

帶著獵犬的人所追的，不是獵物，而是人類。

沙沙沙沙。黑暗中，踢散樹葉的聲音傳了過來。

面對山谷的斜坡上，有四條人影如野鹿般疾奔而下。

無視於月光照射不到的黑暗，他們輕鬆地穿梭奔走在阻擋去路的樹叢之間。

森林裡一片漆黑，天空被針葉樹延展出的樹枝遮蓋。

沒有手電筒加上腳步不穩，他們仍然能夠疾走其間，這都多虧了帶頭少年的準確引導。

在黑暗中，即使少年的眼睛看不見，卻依舊能夠察覺障礙物的位置，就像蝙蝠利用超音波的反射在黑夜中來回飛行一般。

只不過，他的感應能力並非來自於超音波。他擁有的是更難以解釋、無法以常理說明的超能力，也因此他必須和三位夥伴一同被迫逃亡。

四人來到了流經森林的溪谷邊。

『海人、綾乃、小龍！』

帶著三人奔跑的少年突然停下腳步。

『——左邊右邊都不行，有「農夫」在。一、二……一共有六個人。後面帶著狗的搜捕者也快追上了，我們完全被包圍了。』

『嘿，条威，不過才六個人而已嘛，看我燒光他們。』

高個子少年推開名叫条威的帶頭少年往前站，咬牙切齒的環顧四周，對看不見的敵人拋出怨恨。

周圍的枯葉彷彿在回應他的憎惡，開始冒起煙來。

這名少年也和条威一樣，擁有無法說明的能力。他能夠將憎惡或憤怒等攻擊性的情緒，轉化為火焰。

『住手，海人！』

長髮少女捉住高個子少年的手腕。

『不可以殺人！即使對方是「農夫」也不行！』

少女有著左右顏色不同的雙眼，右眼是溢滿了深深憂鬱的黑，左眼是略帶藍的灰。她自認為右眼應該是來自於日本人的母親，左眼則遺傳自德國人的父親。而她擁有的不可思議力量，似乎也與這與眾不同的容貌有某種關連。

『可是綾乃，再這樣下去，我們會被帶回「綠屋」的啊！一旦被抓到，就沒機會再回到外面來了！』

『但是也不能……』

『慢點，現在沒閒功夫爭論了！』看起來比其他人小上二、三歲的少年插嘴。少年說話有股奇特的口音，因為他的父親是中國人。

『我們問問条威哥吧，他應該有答案。』

『小龍說得沒錯，我們就這樣做吧？』綾乃催著海人同意。

『嘖！条威，你怎麼說？』

条威避開眾人投射過來的視線，欲言又止地回答：『跳下去，跳進溪谷裡。』

俯視眼前的溪谷，距離河面約有將近十公尺的距離。

『你開玩笑的吧？你不是保證會幫我們嗎？』海人伸手揪住条威的衣襟。

『別擔心，海人，我一定會幫大家的，我發誓。』

『相信条威哥吧，這一路上還不是多虧有他的幫忙嗎？』

聽到小龍的話，海人放開了条威。

『很好！小龍，如果我快死掉了，無論如何你都得幫我，畢竟這是你擅長的事，對吧？』

這就是名叫小龍的少年的能力。

『他們來了，已經到樹叢那邊了。』条威壓低聲音說。

『誰要第一個下去？』因為焦急的關係，海人不自覺地放大了音量。

聽到海人的聲音，搜捕者帶的狗吠了起來。

『當然是我。』

条威朝著崖邊走過去。

『在跳下去之前，大家仔細聽好。』

『怎麼了，条威？怎樣都好，快點啦……』

『海人。』

『啊？』

『綾乃、小龍。』

『什麼？』

『怎麼了，条威哥？』

『得救之後，第一件事情，先找到「翔」。』

『翔？那是誰？』綾乃問。

『我也不清楚，只知道翔是夥伴。』

『快跳！敵人來了！』

聽見海人焦急催促的聲音，条威將身體探出崖邊，開口說：

『別忘了，我們的「未來」，在翔身上。』

說完這句話，条威便留下了崖上的三人，消失在溪谷的水流間。

緊接著，海人也輸人不輸陣地縱身從崖邊跳下。跟著是綾乃。

最後，在小龍跳下的瞬間，果然如条威所言，帶著狗、拿著槍的男人從左右邊的樹叢裡現身。

『跳下去了！』有人大喊。

G.H

槍聲大作。不同於真的子彈的乾澀衝擊聲，那悶悶的聲響中帶著濕氣。

大批的探照燈照射著水面。然而跳入溪谷的四人早已被激昂的溪水吞沒，不見蹤影。

『找不到……』

『沒有人跳進這條溪裡面還能活著吧？』

四周響起夾雜著嘆息的聲音。

但是，那個看起來像搜捕者隊長模樣的男子卻不這麼認為。

他望著下方的溪谷看了一會兒，咂了聲舌，果斷地說：

『条威和他們在一起，他們不可能知道是死路一條還貿然前進。』

『咦？什麼意思，生島主任？』

『沒什麼……』生島避開部下反問的視線，緩緩地回答。

好險，只有条威的『秘密』還沒有人知道，不論是『綠屋』的所長，甚至是『化裝舞會』的委員們，都對那名少年驚人的真面目一無所知……

生島不想讓部下察覺到他的不安，以嚴厲的口氣命令道：『一定要把他們四個人找到！特別是条威，絕對不能讓他逃掉！』

1. 幽靈少女

在樹齡數百年、宛如支撐天空之柱的巨木直立羅列成的森林裡，響起了地鳴聲，圍繞我的六名魔導士正釋放出驚人的負能量，伴隨邪惡咒語的氣旋朝我迫近。

『傳說中的戰士呀，你已經逃不掉了！』

其中一位戴著醜陋人皮面具的魔導士看著我冷笑。

人皮面具會與佩戴者的臉部同化，最後，佩戴者會捨棄自己的人類情感，以換取驚人的魔力。

這個世界所稱的『魔導士』，指的是與惡魔締結契約、獲得為所欲為的力量以滿足私欲的一群人。

這回可能真的死定了。我在心中與恐懼戰鬥著，不過意識到身邊發著抖、緊挨我的公主，便大無畏地笑了起來。

『沒關係，有我在！這些傢伙，看我用龍劍報仇！』我高高地舉起劍。

已經沒有退路了！

現在的我是個戰士，是被授予寶劍對抗魔導士、保護公主的聖騎士。

細胞一顆顆進入備戰狀態，寶劍開始從四周的巨木蒐集精靈的魔力，注入我的體內。

等待在這場戰爭前頭的，是光榮與和平，還是挫折與絕望呢？

我將所有的力量貫注於劍上，呼喚雷。

雷鳴響起，炫目的光芒同時照射到森林的每個角落。

究竟是魔導士的黑暗力量比較厲害？還是我的寶劍力量比較強大？

最後的戰鬥展開了——

『你又來了，翔。』

耳邊傳來大姊語帶嘲笑的聲音，立刻將我拉回現實世界。

跟著落井下石的，是高中二年級的二姊。

『你是笨蛋嗎？都國三了，還一個人自言自語在玩娃娃！』她張著鼻孔說。

『噁，慘了！這傢伙給女娃娃穿得這麼清涼！』

大姊大喊的音量，連住在附近的鄰居都聽得見。

而二姊好像發現什麼不得了的大事一樣，笑得很開心說：『真的假的?!噁心死了~你不會大半夜拿娃娃來做什麼猥褻的事情吧？』

嘖！只會說一些下流的話。

二姊打算搶我的娃娃。我連忙將手裡代表我的聖戰士模型，和穿著有點暴露的莎拉公主模型收到書桌裡。

『囉嗦死了！不要隨便進別人的房間啦！』

來不及被我藏起的六名魔導士，它們就像沒事可做一樣，擠在狹窄的書桌上，圍成一圈。

『翔！我已經叫你幾遍「吃飯了」，你還在這裡玩娃娃！別再玩塑膠娃娃了行不行？明年二月就要考高中了，你沒忘記吧？』

老媽抓起其中一個魔導士，喋喋不休地對我碎唸著。

『記得啦！』

我站起身來，迅速關掉房間的燈，催促老姊們和老媽離開房間。

才不是娃娃咧，是模型啦！這可是現在日本足以傲視國際的偉大藝術之一耶！

而且我才不是在玩，我是徜徉在我的想像世界裡！

還有，別把我的模型和塑膠娃娃混為一談！這是我從素材開始純手工製作的，

是我個人獨創的人物。

妳們這些人，根本什麼也不懂！

剛走下樓梯，我最討厭的洋蔥味道立刻撲鼻而來，看來老媽又在咖哩裡面加洋蔥了。

拜──託！都已經說過好幾次了，不要在料理裡面放洋蔥啦！

為什麼就是不能照我說的話做呢？

生洋蔥有股討厭的味道，我一聞到就會想吐；煮熟的洋蔥又有股奇怪的甜味，還有滑溜的口感，更讓我覺得噁心，根本吃不下去。

『哇！翔，味道很棒吧！有一堆洋蔥喔！』

二姊明明知我討厭洋蔥，故意鼓著鼻孔這麼說。

『呀呼！看起來好好吃喔！有好多洋蔥呢！』

大姊也同樣諷刺著我，興高采烈地拍著手說。

『我不是說過，不要放洋蔥嗎？』我一邊抱怨，一邊在桌子前面坐下。

老媽裝作沒聽見，在我的盤子裡裝了滿滿的咖哩。

『來，有很多甜甜又好吃的洋蔥喔！洋蔥可以清血，對健康很好呢！』

キ
キ
O·N·L·Y
JEANS WEAR

不用說，咖哩醬裡面有著一大堆用勺子撈出來的洋蔥。

我嘆了一口氣。唉，這些人八成很討厭我吧？

這也是當然的啦，我的成績不像讀知名大學的大姊那麼好，也不像因為新體操而備受學校期待的二姊那麼有運動細胞。

考國中的時候，我辜負了父母的期盼，沒考上私立國中，現在只能念家裡附近評價頗差的公立國中，在學校也常常被打、被欺負，讓老媽覺得丟臉。

而這一切都被看作是『老么的任性』。

我只不過是主張應有的權利罷了，卻被老媽和姊姊們視為『任性』。

雖然由我自己說出口是有點那個啦，不過我的外表還不錯。

錯，應該說，我的臉是屬於傑尼斯系的長相。

和小眼睛的母親，及跟母親很像的姊姊們不同，我完全繼承了父親的雙眼皮。

所以囉，從小老爸就很疼我。

那時候真的很幸福，只要有想要的模型材料，無論什麼老爸都會買給我，而且還會稱讚我做的模型。

可是，從一年前父親獨自到九州工作開始，情況就出現變化了。

老媽和姊姊三個老是圍著我一個人碎碎唸，我覺得很煩，所以一開始當然會抗拒；沒想到，碎碎唸的力量卻因此從三倍迅速增長成3×3的九倍。九比一，我當然贏不了她們。

三餐方面，最喜歡洋蔥的老媽和姊姊們當然不會管和老爸喜好相同的我，我必須配合她們吃飯。看電視的時候，只要我在看卡通，姊姊們一定會立刻過來轉台，改看無聊的綜藝節目。

還有我那沒上鎖的房間，不知道從什麼時候開始，已經成了姊姊們和老媽掛衣服的地方。更過分的是，最近連壁櫥的其中一個抽屜也被老媽給占領了。

沒有我可以待的地方。這個家裡，沒有我能夠安穩放鬆的地方。

可是話說回來，在學校也沒好到哪去，因為升上三年級、換了班級以後，班上幾乎都是些生面孔。

四十個人的班上，有三個人是都不來上學的真流氓；十個人是染頭髮、會躲在校內偷抽菸的半吊子不良少年；五個人是上課、午休時都在看補習班教材；剩下的二十個人則一點特色也沒有，新學期開始已經將近一個月了，我還是記不得他們的名字。

再加上，升上了三年級之後，以前同班的朋友全都進入考高中的備戰狀態，就算在學校遇到也覺得冷淡疏遠。他們好像在說：『我們現在已經沒那個閒功夫陪你在那邊閒晃了』——所以最近我也開始迴避著他們。

『翔，你有在聽嗎？』老媽粗魯的把水杯擺在我面前。

『咦？妳說什麼？』

『喂，你根本沒在聽嘛！』大姊再度把我當成笨蛋嘲笑了起來。

『什麼事啦？媽，妳剛剛說什麼？』我問。

『我剛剛問你，一整個禮拜只有你一個人，真的不會有問題嗎？』老媽憂鬱的說，在餐桌前坐了下來。

『沒問題，晚餐我會自己處理。』

我就是為了這種時候、就是為了證明我自己可以，才會每天幫忙準備晚飯。明天開始就是黃金週假期了，我得一個人留在家裡。

會做這個決定，是兩週前聽到老爸要去國外出差，不能一起去夏威夷的時候。我原本認為，這樣去夏威夷旅行的事一定會取消，沒想到，姊姊們強烈主張即使老爸不能參加也要去，最後連老媽也贊成她們的意見。

別開玩笑了！不是和老爸去的話，去夏威夷玩還有什麼意義？

反正我不會游泳，也不像姊姊她們一樣喜歡名牌。

還記得去年夏天到關島玩，老爸去打高爾夫球的時候，我就被那三個女人拖去免稅店，像那種累死人的經驗，我才不想再來一次咧！

老爸不去，我也不去！——當我這麼說的時候，老媽和姊姊三個人臉上的表情，看了真是讓人覺得痛快啊！

沒錯！我就是要叛亂。

趁這個機會，表示一下我也有自己的主張。

再說，一整個禮拜只有自己一個人在家，不是很棒嗎？

一個禮拜沒有老媽的抱怨，也沒有姊姊們的驕傲與討人厭，和平的日子，還可以做所有喜歡的事情，絕對比夏威夷旅行有趣得多。

我的決定是對的，絕對正確！

『我吃飽了。』我冷冷地說完，站起身離開位子。

裝著咖哩的盤子裡，洋蔥的碎片堆得像座山一樣，充分突顯自己的存在。老媽極不愉快、粗暴地收拾著碗盤，弄出鏗鏗鏗的聲音。

『又把洋蔥剩下來！你這樣子真的可以一個人待在家裡嗎？』

『媽，別管他了啦！那傢伙差不多也到了該獨立的年紀，都已經國中三年級了。』二姊說。

『是啊……不快點出門，我們會趕不上十點從成田機場起飛的飛機，八點半以前要到機場才行！』

大姊的心早就已經飛向夏威夷了，連吃飯的時候也不停在看夏威夷旅遊手冊，最愛的咖哩竟然剩下一大半沒吃。

我幫老媽簡單洗好碗盤後，預約的計程車就像一直在等待這一刻似的，正好抵達家門口。

『掰掰，翔。我們走了。之後的收拾工作，要好好做好喔！』

『我知道啦！一路順風。』

我按捺住清爽痛快的心情和一點點寂寞，刻意誇張的揮手微笑，目送她們三個人出門。

暮色漸深。

前幾天下的雨，讓森林裡泥濘不堪。

小龍與綾乃兩個人扛著条威走在森林裡，體力也差不多到達極限了。

綾乃和小龍這兩天吃進肚子裡的，只有偷偷藏在口袋裡的巧克力和餅乾，還有溪水。

一邊躲避『農夫』們的追蹤，一邊逃跑，對他們的精神與體力而言，都是過於沉重的負荷。

更重要的是，現在必須讓受重傷的条威有個溫暖的地方落腳，否則再這樣下去，他的小命就不保了。

『綾乃，總之，咱們得先找個地方讓条威哥休息……』

雖然小龍這麼說，其實他自己也早就疲憊不堪。為了『治療』条威的傷，他已經把『氣』用盡，說真的，現在的他連站都站不起來。

『說得也是……不快點找個地方的話……』

可是，『農夫』已經知道他們攀著流木順河而下了，敵人又是那個精明的生島荒太領軍的精銳部隊，再加上他們配備著可以探測綾乃和小龍腦波的隨身機器——『搜索者』。

如果就這麼糊里糊塗的露宿野外，萬一『農夫』趁黑摸近，他們戰鬥不了多久就會被逮住的。

『綾乃！不好了！条威哥的心臟快停了！』兩人從兩側抱著条威，小龍耳朵貼近条威的心臟說。

『什麼？現在該怎麼辦?!』

洞穴或者什麼都好，有沒有什麼地方可以讓我們藏身呢？綾乃拚命祈禱著。她環顧四周，發現了一處樹木稀疏的角落，夕陽的紅光反射到某個物體上，射入眼睛。仔細一看，是玻璃窗。

『那邊好像有間小屋！總之我們先到那邊休息一下！』

兩人拚命抬起重得像鉛一樣的雙腳，拖著沒有力氣的条威往小屋去。

打開腐朽的大門進入屋內，三人倒在地上。

小龍喘著氣，環視小屋內部，發現裡頭擺了成堆的舊報紙。

『有報紙！那個拿來當作棉被蓋，很溫暖喔。』

小龍開心的將報紙堆起來，蓋在躺倒的条威身上。

『我要把「氣」送進条威哥的心臟，讓它恢復跳動。這段期間，綾乃幫忙找找看有沒有什麼溫暖又安全的地方吧。』

話才說完，小龍已經將右手抵著条威的胸口，閉上眼睛，開始『氣功』獨特的深呼吸。

轟喔喔喔喔……

綾乃的眼睛比一般人類的感度還高，她清楚看見小龍從右手送出的『氣』像光一樣奔流，依順時針方向緩慢流動成漩渦狀，流入条威的身體裡。

隨著小龍每次深呼吸，『氣流』就會流向条威，讓条威原本慘白的臉逐漸恢復生氣。

但是，不能就此大意。如果就這麼讓条威睡在這個潮濕寒冷的地方，一定立刻又會陷入瀕死狀態的。

這時，綾乃突然想起条威跳進溪谷之前說的話。

——去找翔。——条威的確是這麼說的。

『小龍，你繼續，我出去找找。』

綾乃說完，卻不知道為什麼，做出了與自己說的話相反的舉動，她走到小屋一角坐下，深呼吸一回之後，靜靜閉上雙眼。

這天晚上，我過八點就上床了。

晚餐是五點吃的，所以太晚睡的話，很快就會肚子餓了。

而且，昨天晚上半夜三點才睡，因為想到今天大家就要出國了，我興奮得睡不著，所以動手開始整理模型，結果今天在學校睡了一整天。

話說回來，奇怪，為什麼關了燈、上了床，卻一點睡意也沒有？反而覺得好孤單，不小心開始思考起很多事情來。

早知道不要逞強，一起去夏威夷就好了。

可是去的話，結果還是一樣啊！

家裡沒有一個人明白我為什麼喜歡夢想世界勝於現實，連最懂我的老爸其實也不是真的那麼懂。

不，這只能怪我自己沒辦法說明『為什麼』，不能怪誰。

在四月底到五月中這段時間，如果一個人有了像這樣的心情，大人們通常稱它為『五月病』——指的是人適應不了因為升學、工作、升官等突如其來的環境轉變，導致心裡感到失望不安，而變得低潮。

真的是這樣嗎？

如果真的是這樣，那麼再過一個月就不是五月了，到時候心情就會變好了嗎？

無論醒著或睡著，都對一切不知所措、不知道怎麼辦才好——這股窘迫的心情在我未來的人生裡，會有放晴的一天嗎？

如果我不經意地在老媽或姊姊們面前提起這些事，她們就會笑我『才十四歲而已講什麼人生？太嚴重了吧?!』

可是對我來說，不論是十四歲、二十四歲，或者是五十四歲，全都一樣。

因為在路上看到的大人們，沒有一個看起來是有生氣的。

每個人都是想找尋什麼刺激，才會來到街上，但是卻找不到任何令人振奮的事情，於是每個人都擺出『唉，人生不就是這麼一回事』的表情。

我看得出來。

這也是五月病嗎？

『啊——啊……』

我發出了嘆息，就像是在說給自己聽一樣。接著，我翻了個身，轉向窗戶。

這時，我突然注意到窗戶外面好像有什麼東西在蠢動。

這裡是二樓，可能是鳥之類的吧？

不對啊，既然因為缺乏維他命A，而使得晚上看不見東西的這種情況叫作『鳥目』（註❶），那麼鳥就不可能在晚上飛行吧！雖然說這裡離未開發的森林很近，可能有貓頭鷹之類的，但也還算是住宅區呀！

還是小偷？該不會是色狼誤以為這是姊姊的房間，想偷窺吧？

不對，不是。那個物體好像微微發著光。

……幽靈？有一瞬間我這麼認為，但是立刻否定了。

哪有那種東西？就算有，我也看不見啊！

如果要我說，雖然可以看見幽靈的人也許不認同，但我認為那是一項長處。

所以一無是處的我，不可能看得見幽靈。

我的腦袋裡充滿了這種消極的想法——反正也睡不著，乾脆起來把沒做完的模型完成吧——我起身，不自覺地環顧黑漆漆的房間。

就在這個時候——

我屏住呼吸，忘了吐氣。

『她』就在書桌與書架的中間。

White Stripes
SCOTTIE

是個長髮披肩的少女。
沒穿衣服，也沒穿內衣褲。
意思就是全裸。
她一絲不掛，雙手抱膝坐在地上。
而且，我還能透視少女背後的東西。
少女全身散發著朦朧的薄光，怎麼看都不覺得她是人類。
是幽靈吧！絕對沒錯！
我確定，可是卻叫不出聲，因為這個幽靈長得實在是太美了。
不要說我就讀的國中，就算是演藝圈裡面，也沒有這樣的絕世美少女。
我面對著美少女幽靈，努力壓抑想大叫的情緒。
我無法轉開視線，也逃不開，當然更沒勇氣開口喊她，只能呆呆的張大嘴巴，在床上定住不動。
就在我雙眼凝視著她的時候，幽靈的輪廓在黑暗中搖晃著，逐漸定型。
從發出青白色光芒的身體和臉蛋看來，年紀應該和我差不多。
大大的眼睛，左右兩眼的顏色似乎不一樣。

右眼是黑色，但左眼好像是灰色，反正不是黑色就對了。
就在我仔細觀察的時候，不曉得為什麼呼吸困難了起來。該不會是受到詛咒了吧？結果只是我嚇得停止呼吸，忘了換氣。
我開始覺得自己莫名其妙，既然幽靈少女看著我的眼睛裡沒有什麼敵意……
我放鬆肩膀，稍微鼓起了勇氣，毫不猶豫地跳下床。
我想和少女說說話。
妳已經死了嗎？為什麼裸體？找我做什麼？
如果問完問題，少女什麼也沒回答的話，就可以確定眼前的景象只是夢或幻覺，那我大概也會覺得很鬱悶吧。我想明天一早起來，應該到老媽房間裡的衣櫃找出健保卡，去一趟醫院才對。
我在腦袋裡這樣盤算著，同時一步步靠近發出青白色光芒的少女。
結果，少女微微一笑，緩緩站起身來，有點害羞的伸手遮住了胸部和下腹部。
嚇我一跳，幽靈也會害羞嗎？
想到這裡，我莫名地湧上色情的想法，心跳有些急促了起來。
但是這種心情就在下一秒鐘煙消雲散。因為幽靈冷不防地朝我飛撲了過來。

『唔哇！』
我不禁叫出聲，一屁股跌了下去，正好坐在滾落到地板的乾電池上，發出喀啦一聲，屁股也傳來了一陣悶痛。這讓我知道自己的確是清醒的，不是半夢半醒。
『幽、幽靈呢?!』
我連忙看向四周，打開電燈。什麼也沒有。
難道我看到的真的是幻覺？不，不對，我的確看到了。
那麼清楚……還是我的腦袋有問題？
我不安地敲敲太陽穴。
——不是幻覺唷。——
腦袋裡有個聲音，充滿了像收音機一樣的雜音，是個女孩子的聲音。
我的頭腦真的有問題啊，連幻聽都出現了！
這下子，明天起床飛得立刻去醫院不可！
——不是幻聽，也用不著去醫院啦！——
『咦……？』
又聽到了。說話的女孩子聽起來年紀和我很像，正好和剛才的幽靈差不多……

咦？該、該不會……

『妳是剛剛的幽靈?!』

——討厭，不是幽靈啦，人家可是好好活著的呢！——

『這、這是怎麼回事?!妳在我腦子裡面嗎？……對、對了，是附身吧！妳剛剛向我撲過來，然後就……』

——說附身應該也可以啦，不過那種說法聽起來很不科學，我不喜歡，搞得好像我是什麼惡靈似的。——

聲音愈來愈清楚，收音機般的雜音消失了，現在聽來好像有個小人住在自己的耳朵深處。

救命啊！

我開始恐慌了，揮舞拳頭想敲打發出聲音的腦袋，好想大叫，聲音卻出不來。我的身體好像被自己以外的其他人支配著，連準備揮向自己腦袋的拳頭也撲空。

我就這麼搖搖晃晃的一屁股癱坐地上。

——冷靜點，我不是幽靈，而是活生生的人類，只是我的意識侵入你的身體罷了。聽過嗎？就是所謂的『靈魂出竅』。——

『靈、靈魂……出竅？』

聽過，在夏季電視常播的怪奇特別節目裡。就是靈魂脫離身體飄浮的現象。

——對，就是那個。我就是有那種能力。——

我明明沒開口，她卻知道我在思考的事情而回答我。

——我的身體現在位在距離這房子五百公尺的地方，我從那裡送出自己的靈魂……應該說意識體，送到你房間。聽得懂我在說什麼嗎？——

『好像懂，又好像不是很懂……』

——哎呀，你真的很笨耶！總之相信我。你剛剛也看到我的意識體了，不是嗎？我為了讓你看見，拚命地讓我的意識具體化。——

『看到了呀……全、全裸的……』

——討厭！你看到了？——

『是妳讓我看的呀，妳剛剛不是說了？』

——我沒打算讓你看我的裸體。為什麼我會是裸體呢？——

『妳、妳也不知道嗎？真是不方便的能力啊。』

腦袋中的少女微微一笑。

——你這個人還真有趣。——

這是在誇我還是在糗我？

怎樣都好，總之，看來在我腦袋裡的傢伙不是壞人。

『妳是誰？從哪裡來的？有名字嗎？』

我心一橫，問了出口。

——當然有名字啊。我叫綾乃，『綾』是有稜有角的稜改成糸字邊，『乃』是乃木將軍的乃。你知道乃木將軍嗎？（註❷）——

『誰知道啊！』

——我也不知道。很早以前，我問我媽名字的事情時，她告訴我就這樣回答。我今年十四歲。——

『和、和我同年……』

——你叫什麼名字？——

『馳翔，奔馳的馳，飛翔的翔……』

——翔……你叫『翔』？——

『怎麼了……？』

——果然沒錯，就是你，条威說的那個人。——

『咦？誰說的什麼？』

——沒什麼。請多指教，翔。——

『唔、嗯……請多指教。』

我一面敷衍著，一面心想，如果她真的是靈魂出竅到我家來，又是為什麼呢？才這麼一想，立刻得到了回答。

——我們現在遇到很大的問題，需要人幫忙，我才找你找到這邊來。——

『找我？什麼意思？需要幫忙又是什麼……？』

——我沒辦法簡單說。總之，你能不能和我走一趟？我想介紹夥伴給你。——

我腦袋中的『綾乃』這麼說完，也不等我同意，就擅自站起身來。

身體非自主意識的行動，讓我有一點不高興。

『我明白了。拜託妳別再隨便動我的身體。』

——對不起……翔，你願意來嗎？——

她只有十四歲，聲音卻聽來很大人，我不禁想起剛剛看到的裸體美少女。害怕歸害怕，可是就這麼毫無理由的拒絕她，似乎又有點可惜。

心裡湧上了平常沒有的膽量。
沒錯，脫離往常的生活吧！
那裡一定有什麼不同於以往的事情等著我，我都已經決定要一個人度過這個禮拜了！

『好，我去。現在先別看我，我要換衣服。』

——這沒辦法耶，現在你的眼睛就是我的眼睛呀。再說，你不也看了我的裸體嗎？——她笑著回答。

我的心狂跳了一下，不自覺地想起剛剛看見的半透明裸體，又想到心裡想的事情她會知道，連忙緊急煞車。

因為心電感應的關係，這回反而是我感受到她的難為情了。

有兩種人格在自己的身體裡，覺得好奇妙、心裡癢癢的。

我一邊想著不知道她什麼時候才會離開我的身體，一邊努力儘可能不去看我的下半身換衣服。

我拿著總是擺在玄關鞋櫃上的手電筒出門。

幸好老媽她們不在，如果她們問起，我又告訴她們事實，鐵定會被送進醫院。名叫綾乃的少女，還在我腦袋裡。

她的意識具體化後，會以裸體的狀態現身，很丟臉，所以她只好繼續待在我的腦子裡，指引我前面右轉、下個轉角左轉。

我聽著她的指示前進，覺得自己好像被寄生蟲盤據腦袋的蝸牛，不過這樣總比她剛剛擅自操縱我的身體好。

這附近是新興住宅區，走出住宅區，旁邊就是原野和森林。都市地價高漲時，我家老爸這類中堅企業的上班族買下這裡的新建住宅，一戶戶搬進來，這一帶也因此逐漸開發起來。

然而，最近的不景氣讓土地價格下跌，開發案也隨之中止；隨處走走，就能看見原本整頓好、準備蓋房子的空地到處都是。

我按著綾乃的指引，越過像梯田般層疊的人工地，爬上沒鋪柏油的道路通往小丘，從這裡開始就沒有路燈了，只能仰賴綾乃要我帶出來的手電筒。

『妳的夥伴是什麼人？在這種地方做什麼？妳又是誰？從哪裡來的？真的不是幽靈嗎？』

——別一次問完，必要時我會一一回答你的問題，不過我覺得你還是不要知道比較好。——

『是、是嗎？』

——順便告訴你，我已經說過了，我不是幽靈，這點你大可以放心。——

雖然她已經說過了，但我怎麼可能就這樣安心咧？

現在這種情況，簡直就像怪談《牡丹燈籠》的故事一樣，主角受到幽靈的誘惑，遭遇到恐怖的事。

可是，幽靈有這麼可愛嗎？我記得《四谷怪談》的阿岩眼睛上方有個瘤……話不是這麼說，《牡丹燈籠》裡的幽靈可是美人呀……

即使陷入進退兩難的局面，我仍然依著好奇心，以及想要遠離平常生活的想法，聽從綾乃的話繼續走。

沒鋪柏油的斜坡道，因為前天的雨而泥濘不堪。爬到斜坡頂端，就能看到一間木造小屋，不曉得那間小屋是建來做什麼用的，但是屋頂的白鐵皮到處都是腐朽的破洞，外牆也殘破不堪，整間臨時小屋看來似乎快坍塌了。

——在那邊，進去裡面。——

『什麼？在那間小屋裡面？會不會倒塌啊？』

但是我的問話卻沒有得到回應，腦袋裡好像有寄生蟲盤據的不舒服感覺，現在也全都不見了。

『綾乃？怎麼了？怎麼突然沉默？』

還是沒回應。

這下好了，該怎麼辦？照她說的進去小屋裡面？還是就這樣往回走，直接去便利商店買消夜回家？

我在小屋前來來回回猶豫了二十秒左右，決定照綾乃說的話去做。

是啊，直到剛才不是還打定主意要體驗看看『不同以往』的感覺，就算看到幽靈也好嗎？

我也真的看到了幽靈啦！——雖然她本人否認——一位超級美少女，而且她還向我求救，所以我才會來到這個非日常的世界。如果就此回到無趣的日常世界，似乎有點可惜。

我鼓起勇氣，伸手推開小屋的門。

嘰嘰～～～伴隨著鬼屋大門必備的嘎吱聲，那扇門打開了。

裡頭一片漆黑，我的鼻子聞到一股霉味。

我拿著手電筒依序照了天花板、左右牆壁、地板，窺視著屋裡的情況。

突然，手電筒的光線照到橫躺在地上的『某個東西』，那個東西包裹在一大堆報紙裡。該不會是人吧？

『那是啥……』我踏進屋裡。

這時，黑暗中突然伸出一隻手打中我的胸口。

『哇！』

我嚇了一跳，反而抓住那隻手。

下一秒，一陣莫名其妙的衝擊像暴風般把我撞出小屋外頭。

『小龍！住手！』

小屋裡傳出叫聲，是女孩子的聲音。好像是曾經聽過的沙啞聲音，不，應該說是曾經『感覺過』。

沒錯，那是剛剛還在我腦子裡的幽靈少女——綾乃的聲音。

『唔……綾乃，妳在裡面嗎？』

我忍著胸口的疼痛，站起身來。

黑暗的入口處，有一名小個子的少年站在那裡，看起來大概比我小兩歲，身高不曉得有沒有一百六十公分，藏在長長劉海後面的細長眼睛沒有任何表情。

他身上穿著的破爛長袖T恤原本應該是白色，現在則滿是泥巴，下半身是寬鬆的灰色棉褲；除了大珠子串成的念珠項鍊特別引人注目外，身上沒有其他飾品。瘦巴巴的細手腕無力垂下，站著的他，看起來像個被雨淋濕又哭累了的迷路小孩。

老實說，我很驚訝，把我打出三公尺遠的，真的是這小子嗎？

他到底是怎麼辦到的？用拳法之類的嗎？這麼說來，剛剛綾乃叫他『小龍』，好像是中國人的名字……

『沒關係，小龍，他是我帶來的。』

推開小龍，一名長髮少女現身。

我屏住呼吸。沒錯，她就是綾乃。剛剛裸著身子發出光芒、抱膝坐在我房間角落的幽靈，現在活生生的站在我眼前。

此刻的她雖然沒有赤裸，身上的衣服卻破爛到不行。其他部分都和在我房間裡『見到』的一樣。同樣讓人淪陷的大眼睛，同樣左右兩邊不同的顏色，本人也有著不輸幽靈的白透肌膚。

G.

事到如今，我總算相信綾乃所說的話了，應該說也只能相信了。她剛剛靈魂出竅，將意識送到我房間，現在她的意識回到她的身體，再度出現在我面前。

除了相信之外，還有什麼可以解釋眼前的情況呢？

『對不起，翔，有沒有受傷？』

綾乃說著，走近我，伸出細細的手指輕觸我的臉頰。

『啊，不，我沒事，沒受傷。』

我往後退，不自覺地抓住她的手。

她的手冷得嚇人，簡直像死人般冰冷，會不會是靈魂出竅的關係？

她害羞的收回手，說：『對不起，因為你臉上沾了髒東西。』

綾乃伸手讓我看沾在她手指上的泥巴。

『進來吧，夥伴在裡頭。』

『除了他之外還有？』

我指了指一直盯著我看的小個子少年。

綾乃點點頭，說：『還有一位名叫条威，他是我們的首領，受傷了。』

『首領？』

聽來好像是在進行什麼活動的團體。

『他現在相當衰弱，得趕快把他送到溫暖的地方讓他休息，不然他會死掉。拜託你，幫幫我們，翔。』

衰弱？死掉？這可不是鬧著玩的。

我隱隱有股不好的預感。我該不會是捲入什麼不得了的事件當中了吧？

沒想到，我的預感竟然命中了。

註❶：也就是夜盲症。

註❷：日本統治台灣時期的第三任台灣總督。

2. 逃亡者們

条威躺在狹窄的小屋正中央，他的身體裹著大量的報紙，樣子很像小心翼翼收藏起來的玻璃器皿。透過手電筒的光線看得出來他現在極度衰弱。

濕淋淋的長髮貼在額頭，臉上看不到一絲生命跡象；嘴巴雖然半開著，卻感覺不到他在呼吸；眼睛僵硬緊閉，彷彿永遠不會再睜開一樣。

『好、好像死掉了。』

我不禁這麼低聲說出口——糟糕！連忙摀住嘴巴。

可是綾乃和小龍都沒生氣，還一副『會這樣想也是理所當然』的表情嘆著氣。

『你也沒說錯，他剛剛差點兒死掉了。』

小龍帶著點外國腔調說。

『如果沒有我的治療，他現在早就已經是一具冰冷的屍體了。』

『治療？……小龍你是醫生嗎？』

我自己這麼問完，又連忙否定道：『啊，不可能吧，你應該只有國中一年級，搞不好還是小學生吧？』

『他擁有以「氣」治療人類與動物的能力……就是所謂的「氣功」。』

『氣功？是把手掌擺成這樣，然後「嘿——」的那種東西嗎？可以把人打飛得遠遠……啊，該不會剛剛把我打飛出去的也是……』

『那也是「氣功」的一種沒錯，但「氣功」其實是用來治療疾病的。小龍能夠使用「氣」將病人奇蹟似的治癒，只不過条威身上現在的傷沒那麼容易處理，但他的骨折和內臟、血管的損傷，已經比一般人快數十倍痊癒了。』

『真、真的嗎？』

如果是真的，那實在是太厲害了！是讓基督的臉都黑掉的奇蹟啊！

『真的，翔。条威哥被沖上河岸邊時，肋骨斷了三根，頭部受到重創，內臟也有相當程度的損傷，再加上內出血以及上半身腫脹瘀青。』

小龍淡然的說。情況之慘，好像交通意外死者的診斷報告。

『遇、遇到這種狀況，還能活下來，也真是厲害啊……』

『現在他的骨折已經接回去了，內臟的損傷及內出血也治好了，只剩下……』

『剩下意識還沒恢復。』

『為什麼？』

『我也不知道，也許是我的治療慢了一步。』

『小龍！沒那回事！』

綾乃突然站起來。

『条威說過，他一定會幫大家，所以我們才會跳下那座斷崖呀！也多虧他，我和小龍才能得救，而海人一定也在某處活得好好的……怎麼可能只有条威會因為治療來不及……』

綾乃聲音哽咽，她按了按眼頭。

『你們這麼信賴他呀……』

否則怎麼可能光聽他說會幫大家，就跟著從斷崖跳下溪谷？

『不是的，是因為条威知道！就連你的事，也是条威告訴我們的。』

『什麼意思？』

『翔，你可能不相信，不過条威他……』

『綾乃姊，還是不要說比較好喔。』

『小龍……』

『唯獨這點，還是不要輕易對夥伴以外的人說比較好。翔哥，我認為你還是別知道的好，這也是為你好。』

小龍的說法，讓我心裡不禁冒起一把火。

『你們是什麼意思啊？三更半夜把人帶到這裡，又不把事情說清楚，到底打算幹嘛？如果真的那麼無情，那我回去了！』

我準備起身，綾乃連忙阻止我。

『翔，等一下，對不起，我和小龍都沒那個意思！』

『那你們是什麼意思？好好把事情給我交代清楚啊！我根本什麼也不知道，一頭霧水。從頭解釋一遍，你們到底是誰？哪裡來的？為什麼會有莫名其妙的能力？為什麼你們三個都是這身破爛不堪的打扮？』

『我說。』綾乃開口，『我們是逃出來的，從一個名叫「綠屋」的地方。我和小龍、条威、海人——海人也是我們的夥伴，現在不在這裡……』

『什、什麼是「綠屋」……？』

『「綠屋」是……』

綾乃才說到一半——

『綾乃姊！』小龍就壓低聲音阻止她繼續說。

『小龍，怎麼了？』

『附近有其他人在，我感覺到了。』

『你說什麼？該、該不會是「農夫」已經……』

『「農夫」？呃，那個不會是……是種田的那種？』

『是代號，我們稱組織的傢伙叫「農夫」。』

『意思就是栽培我們的人。』

『栽培？你們？』

我愈來愈混亂了，愈聽愈不懂。

只有一點能夠確定——追著他們的傢伙已經來到這間小屋附近。

我突然害怕了起來。我的確希望脫離日常生活，可是並不想捲入麻煩。

『我、我還是回去好了。情況好像很糟糕，不過和我沒關係……』

『大有關係啦！』綾乃說：『雖然對你很抱歉，可是你已經被捲進來了。至少敵人是這麼想的。』

『別、別開玩笑了！我可不想蹚渾水啊！我走了！』

『不行！你會被殺掉的！』

『放手！』

綾乃抓住我的手腕，就在我準備甩開時——

啪嘰！腐朽的木窗從外頭被踹破了。

搜索燈的光線照進小屋內。

『哇啊～～～！搞錯了！我只是路人啊！』

我舉起雙手大叫。兩名男子將長得像槍一樣的東西對著我。

慘了！我真的會被殺掉！

早知道就別來了！非日常生活真的不適合我！

凡人就該像個凡人，在平凡的生活中找尋小小的刺激，樸實的生活下去才對！

特別是沒什麼優點的我，只要不自我勉強，選擇安和樂利的人生，或許就能夠活過一百歲，成為日本第一長壽者，微笑換得名字登上報紙的榮譽。

但是現在的我卻陷入快被殺掉的窘境，即將因死狀詭異而上報。

啊啊，我短短的十四年人生，究竟算什麼呢？

噗咻！沉悶的衝擊聲響起。

一陣氣壓擦過肩膀上緣，穿到了背後。我身後同時發出子彈衝擊的聲音。

對方開槍了！

可是看來似乎沒射中。

『嘖！』對我開槍的男子小小聲地咂舌。

『別亂動，小鬼！』

說完，他就拿著槍踏進小屋裡。另一名男子站在門口，拿槍警戒著四周。

快救我啊！綾乃！小龍！你們在哪裡？我不會再拋下你們自己逃跑了！拜託救救我吧……

我想大叫，卻發不出聲音。

我心想，乾脆閉上眼睛放棄算了，只是也辦不到。

啊啊，這下死定了。

被槍打到一定很痛吧？會流血吧？

死前可以看到大家所說的花田嗎？

這就叫作『瀕死體驗』嗎？

聽說會有很多回憶會像走馬燈一樣在腦子裡迴轉。

話說回來，『走馬燈』是什麼？我不知道啊！

啊啊，這下糟了，如果我就這麼死掉的話，藏在我床墊下面的色情書刊會有什麼下場？一定會被老媽發現，也會被姊姊們發現……

就在短短一、兩秒之間，一大堆愚蠢的想法在我腦中浮現，然後消失。

如果這就是我生命最後的『走馬燈』，未免也太可悲了，為什麼非得以這麼無聊的方式結束不可？

我不要！我還是不想死！

逃吧！想辦法逃吧——

就在我改變想法的剎那，靠近我的男子放下拿著槍的雙手，身體好像喝醉酒一樣搖搖晃晃，像螺絲掉了的白鐵玩具不順暢的停下腳步。

『喂，怎麼回事？』守在門口的同伴注意到情況不對勁，出聲叫喊。

搖晃的男子突然快速的轉過身，對同伴開槍。

『哇！怎、怎麼……』

中彈的男子面對突如其來的背叛，慌張的舉起槍準備反擊，可是第二發子彈正好射中他的腹部，他的身子飛了出去，就一動也不動了。

我當場呆掉。

接著，在我面前射殺同伴的男子拿槍對著自己大腿一擊，然後就像被小朋友撞倒的假人模特兒一樣伏倒在地。

『怎、怎麼搞的？發生什麼事了？』我驚慌失措得跳腳大叫。

『真是千鈞一髮耶，翔哥。』

你剛剛躲在哪裡？小龍不知道什麼時候突然出現，還親暱地拍拍我的肩膀。

『小、小龍！那個人發生什麼事了？為什麼突然開槍射自己的同伴？』

『剛剛翔哥不也體驗過嗎？靈魂出竅囉！』

『咦？』

『綾乃姊附身在其中一名敵人的身上，讓他們自亂陣腳。』

太驚人了！沒錯，我被她附身時，身體也曾受到她的操控，雖然只有一下下。可以附身在他人身上、操縱他人身體，簡直就像是恐怖電影裡的惡靈嘛。

『殺、殺、殺掉了嗎？那、那、那個、死、死、死、死掉了嗎……』

小龍再度拍了兩下啊嗚啊嗚、口齒不清的我的肩膀，說：『冷靜點，甭擔心，那是麻醉槍，死不了的。』

『綾乃呢？』

『身體在那邊。』

小龍指向小屋角落，綾乃的身體閉著眼，以西洋娃娃般僵硬的姿勢坐在地上，嘴巴微張，那副表情真的就像靈魂出竅一樣。

『她的意識似乎還沒回到身上，應該是出去看看外面的情況了。』

『這、這些傢伙是做什麼的？我記得你們剛剛叫他們「農夫」……？』

『我們幾個三天前從一個秘密設施逃走，「農夫」就是那個設施的人。』

『秘密設施？』

『你想知道？』

『當、當然想啊！』

『不會後悔？知道了就無路可退囉！』

『我不是已經被捲進來了嗎？既然這樣……』

老實說我很害怕，可是湧上心頭的好奇心更勝過恐懼。

『告訴我吧，小龍，我不會後悔的！』

『我明白了。待會兒我再仔細跟你說。』

『為什麼是待會兒？』

『因為現在沒空啊，翔。』

綾乃突然站起身說。看來她的意識已經回到身上了。

『綾乃姊，外頭情況如何？』

『目前應該只有這兩個「農夫」。可是既然他們正用「搜索者」在找我們，難保不會有其他人找來。總之，我們要盡快離開這裡！』

綾乃與小龍拿走兩個躺下的敵人身上的麻醉槍，插在褲腰上。

我有點在意綾乃說的話。什麼是『搜索者』？這些敵人身上還配備有搜尋器材嗎？這樣的話，就算順利逃離這裡，追兵還是會找到他們啊！

『翔，你揹得動条威嗎？』

『咦？我揹嗎？』

『這裡沒有其他人了呀！小龍才十二歲，我又是個女孩子。』

『可、可是……』

我對自己的體力沒自信。再說，要揹比我高十公分的人走下泥濘的山路……

『拜託你……』綾乃用水汪汪的大眼睛怯怯地看著我。

『唔、嗯。』我不自覺的點點頭。

『謝謝你！』

綾乃開心地握住我的手，已經下不了台的我半自暴自棄地抬起条威的身體。

十四歲的条威身材雖高，卻很瘦，感覺輕得要命。

這麼輕，要我揹就沒什麼問題了。

『翔，能不能把条威帶去你家？』綾乃說。

別鬧了，這麼遠，要我背著他在住宅區走，太醒目了，會被警察攔下來吧。

『不，沒辦法帶他到我家，不過……』

我想起某人。把事情告訴『那個人』，她一定會很開心的主動招呼我們進門。

『附近有個地方不錯，我帶你們過去。』

『真的？哪裡？』

『學校。我認識的人在那裡值班。』

看看手錶，已經是晚上十點了，這時間應該不會有其他人在。

『走吧。要我一直揹著，很累耶。』

『也對，那我們快走吧……』

『等等，綾乃姊，把「搜索者」也帶走吧。』

『對。啊，小龍，還有，找看看有沒有錢。』

『的確有必要，我們手邊的錢所剩不多了……』

『而且肚子也好餓。』

綾乃和小龍商量了一會兒，搜搜『農夫』們夾克胸前的口袋搶走錢包，還有個小型無線電模樣、附天線的機械。那就是小龍說的『搜索者』嗎？有什麼用途呢？

『這樣好嗎，拿人錢包？』我也沒看看自己是什麼處境，就說出這種話。

綾乃他們看看對方，笑了出來，『還有閒功夫在意這種事情，會被殺掉喔。』

綾乃說完，拿起麻醉槍，和小龍一起走出屋外。

『別、別說那種話，對心臟不好耶……』我嘴裡低聲嘟囔著，不讓他們聽到，跟在他們後頭出去。

我用公用電話聯絡對方的手機。抵達學校時，對方已經在校門口等我們了。

明明是晚上有些涼的四月底，她身上卻只穿著一件T恤，下半身是有點髒的灰色運動褲。

『耶——你還真拚吶，翔，可以把人從那種地方揹著走來學校，值得稱讚。』燈山晶說完，接過累到快癱的我背上的条威，揹起他說：『喔，這傢伙長這麼高卻這麼輕。』

雖然說話粗魯，但燈山是個女的，年紀我沒問過，我想大約二十七、八歲吧。

少年風格的髮型、樸素的服裝加上粗野的舉止，簡直像個男人，不過她確實是個女的，從T恤前胸的隆起就可以知道，那是比老媽和老姊們更雄偉的胸部。

燈山姊平常白天和老師及其他學生接觸時，總是戴著深色的太陽眼鏡，在我面前就會拿下來，所以我知道她其實長得很漂亮——雖然這件事如果我一不小心說溜嘴的話，她會揪住我的頭髮，狠狠的彈我額頭，讓它腫起來。

燈山姊在學校的工作是工友兼警衛。

她應該不是正規職員，卻不知道為什麼住在校舍最邊間的『校務員室』裡，領學校給的幾塊錢薪水。

學生之間流傳說她是做了壞事正在逃亡，也有人說她真正的身分是大財主的獨生女，因為厭倦原本的生活隱居在這裡，眾說紛紜。總之，她是個神秘人物。

大家也許覺得不可思議，警衛怎麼會找女生？其實她比一般男性要厲害多了。

聽說有一次，四、五名三年級的不良少年對燈山姊有不良企圖，晚上躲在學校裡，準備下手襲擊，燈山姊卻用不到一分鐘就全部擺平了。

而且，那些不良少年還被全身扒光、光溜溜的推到早晨的校園裡示眾。從那次之後，再也沒有哪個沒禮貌的傢伙敢對燈山姊出手了。

『對、對不起，這麼晚還來吵妳……』我說。

我的膝蓋無力，手臂像麻痺般沉重。

『嘿，別放在心上啦！先進來吧。喂，你們兩個也進來呀。』

燈山姊輕鬆地揹著比自己還高的条威，快步往校園裡走去。

『不像老師耶。』綾乃對我耳語。

『嗯，她是我們學校的工友兼警衛，剛好和我興趣相同，我們才熟起來的。』

燈山姊是人物模型收藏家，她房間裡的毛玻璃餐具櫃一打開，裡面擺的不是碗盤，而是人物模型；她會自己動手將喜歡的角色全部做成模型，可惜她的手不夠靈巧，做的模型幾乎都不夠細緻，所以我偶爾會被她找來校務員室幫忙修整。

不曉得是不是這個原因，我一年級時被三名高年級生恐嚇，當時被搶走的錢包無意間又回到我身邊，而且從那次之後，那群高年級的只要在走廊上遇到我，都不

敢看我，眼睛裡甚至還充滿害怕的神色。

『有點怪，但是個好人。』我在綾乃耳邊小聲說著，不讓燈山姊聽見。

如果被她聽到我說她是『好人』，鐵定又要被彈額頭了。我想她八成超級害羞吧，所以被人家當面稱讚的時候，會不知所措。

燈山姊將条威揹進自己在學校內的房間裡，讓他躺在一年四季都鋪在榻榻米上的萬年床，檢查他的脈搏。

『原來如此，這傢伙非常衰弱，得快點讓他吃點東西……』

說完，她到冰箱去找食物，隨便拿了些麵包和果汁出來。

『你們的肚子也餓了吧。』

燈山姊一邊說，一邊丟了一些麵包、果汁給綾乃和小龍，接著也開始吃起麵包和果汁。

『燈山姊，妳在做什麼？幹嘛自己也跟著吃起來了？』我說。

燈山姊動動下巴，咀嚼食物，同時說：『蠢蛋！』

然後俯身靠近萬年床上的条威。

『哇！』我不禁叫出聲來。

因為燈山姊突然吻了条威。

『燈山姊！妳、妳、妳在做什麼？怎麼突然做那種事？雖、雖然說他是個還不錯看的男人，但也才十四歲呀！和我同年喔！妳這樣做好嗎？怎麼想都覺得妳是「蘿莉控」……不對，妳不是男人，應該怎麼說咧……』

燈山姊站起身來，對著慌慌張張的我就是狠狠一記痛達後腦勺的彈額頭。

『你這個笨蛋！才不是咧！我是用嘴在餵他吃東西啦！什麼食物都好，不快點讓他補充一些糖分，他會愈來愈衰弱的！』

『啊，這樣啊，哈哈哈，對不起……』

綾乃與小龍發出鴿子般的咕咕聲，忍著笑。

『他的情況怎樣？有把東西吞下去嗎？』

我擺出正經的表情，企圖掩飾丟臉。

『嗯，看來是吞下去了，似乎是反射神經正在運作。那麼，那邊那兩位……』

燈山姊轉向綾乃和小龍。

『大致的情況，我在電話上聽那個傻瓜說過了，不過老實說，我到現在還是有聽沒有懂，可以麻煩你們從頭再把事情好好說一遍嗎？』

燈山姊說完，便『咚』的一聲，在兩人面前盤腿坐下。

即使實際見識過他們兩人的力量，還被代號『農夫』的追兵追過，我聽著他們兩人的說明，仍然是有些難以置信。

他們逃離一個叫作『緣屋』的設施，那個地方就位在距離這個城鎮十公里左右的深山裡，那邊還有幾十位和他們一樣擁有超能力的少男少女生活在其中。

他們被認為是具備高素質的一群，因此被聚集在一起，每天接受訓練，好開發他們的能力。

一起逃出『緣屋』的綾乃、小龍、条威，另外還有一位叫『海人』的夥伴等四人，屬於其中擁有高等能力的績優股。

『原來如此，如果你們說的是真的，那可就不得了了。』

燈山姊一臉恐怖的表情，將手上的菸捻熄。

『喂，綾乃，也就是說，你們是被「農夫」綁架到「緣屋」去的，是嗎？』

『不能說是「綁架」啦，應該說，我們是被騙去的。』

『被騙去的？』

『是的。我們之中也有人是被強抓進來的，不過為數不多，大部分是被騙出家鄉，說要捧成藝人；或者騙那些高中剛畢業的男孩子，要幫他們介紹工作等等。』

『父母呢？小孩子不回家，他們也沒意見嗎？』

『不會有意見的。在「綠屋」接受訓練的，全都是雙親因為意外過世，或是受到虐待而離開父母生活的孩子。』

『怪不得。這種小孩離家出走，當然不會有人覺得怪。根本就是專挑走投無路的小鬼下手、把大家聚在一起嘛！那些傢伙太過分了！』

燈山姊這麼說，一拳頭打在榻榻米上。

『那麼，妳爸媽也不在了？』我不自覺插嘴。

綾乃苦笑說：『不是不在了，而是我不想見他們。』

『咦？』

『我是受虐兒。』

『……對、對不起。』

『不用道歉啦。我爸媽早就離婚了，一家人四分五裂，我根本不曉得他們兩個人現在在哪裡、在做什麼。』

我說不出話來。她似乎過得比我想像中還苦。

只因為咖哩被滿滿的洋蔥占領、房間被老媽和姊姊們的衣服占領，就嘆息家裡沒有我的容身之處——我真是太丟臉了。

我心想，別再繼續追問他們的成長過程了。

『我們四個人被帶進「綠屋」之前，原本就知道自己的能力，也能夠像剛剛一樣運用自如。我們的情況對「綠屋」的人來說，非常少見，因此他們稱我們為「野生種」。』

『「野生種」？什麼意思？』我問。

綾乃以淡然的口吻說：『意思就是「天生的超能力者」。和我們不同，其他人必須透過藥物、機械或催眠療法等外在力量讓本身的超能力覺醒，他們就稱作「栽培種」。』

震撼的一擊。

根本沒把他們當人看嘛！這跟塑膠溫室裡的番茄有什麼不同?!

『每天，他們都藉著實驗的名義，硬要我們做一些做不到的事……根本就把我們當犯人，所以我們才會依著条威的引導逃出來。』

說到這裡，綾乃看了看条威。

躺在睡鋪上的条威，臉色還是一樣蒼白，也沒有打算醒來的樣子。

只是，可能是燈山姊剛剛幫他把凌亂的劉海整理過的關係吧，他現在看來比在小屋時更有生氣一點了。

『原來是這麼回事，大致的事情我了解了。』

燈山姊拿起第二支菸，邊點著火邊說：

『雖然我還是有很多地方不明白，譬如，那些「農夫」是誰？又是誰出錢建造那間「綠屋」的？不過有一點能夠確定，這群腦袋不正常的傢伙一定在動什麼壞念頭，才會聚集你們這些擁有奇妙力量的孩子。』

『妳相信我說的話嗎？』

『也只有相信了呀！剛剛翔不是親眼見到妳的「靈魂出竅」，還被追兵開槍射擊？更重要的是，那些追兵拿的模樣詭異的槍，現在就在我面前啊。』

燈山姊看著綾乃和小龍遞過來的麻醉槍。

『太好了……我還以為大人們不會輕易相信我們的話呢。以前我把自己的超能力告訴身邊的大人，只是換來他們的訕笑，從來不願意相信我的話……』

『唉，正常呀。』

『可是真的在他們的面前施展超能力，又會被當成怪物。』

『那也是正常呀。』

『沒問題，燈山姊一定不會當你們是怪物唷。因為她自己也很怪，而且也不是一般大人。』

我的發言基本上是稱讚啦。

對我來說，一般大人是無法說真心話的對象。大人們完全不懂我們小孩子真正想做什麼、真正對什麼有興趣，只會叫我們做一些我們不愛、不覺得有趣的事情。

燈山姊似乎也知道我的話是好意，笑著說：『嘖！要說怪，你也是個怪傢伙呀！』

大概是不好意思的關係，她故意沒氣質的從鼻孔噴出菸來。

『拜託妳，燈山姊，請讓我們躲一陣子。被抓回去的話，不曉得會有什麼狠毒的對待在等著我們。求求妳！』

綾乃纏著燈山姊，磕了好幾次頭。

『嗯——雖然妳這樣求我，但這裡是學校……』

『拜託妳幫幫忙吧，燈山姊，拜託，我也求妳。』

『喂喂，翔，你怎麼好像也成了他們那一夥，這樣好嗎？』

『為什麼不好？』

『這些孩子的敵人也許不好對付，他們聚集了全國各地的超能力少年、少女加以訓練，背後一定有個大財主提供金援，錯不了。搞不好這大財主不是一個人，而是政府等級的組織呢！』

『政、政府？日本政府嗎？』

『我只是舉例，搞不好是其他國家也不一定。以前就曾聽說過某處的軍隊正在開發超能力，好用在戰爭上。』

『真的嗎？』

『是啊。事實上，前蘇聯也有類似的研究機構存在。現在美國的五角大廈附近也有這樣的機構啊。』

『燈、燈山姊，妳好清楚喔，真想不到。』

『想不到？』

『我還以為燈山姊只有體力過人咧……』

『啊？你以為我連腦漿都是肌肉嗎？我可是堅決信奉健全的精神要寄託在健全的身體上，所以拳法啦、肌力訓練啦，一樣也不偷懶。別看我這樣子，我大學時可是……算了，總之對方鐵定不好惹，你不小心捲進去，難保不會有什麼事……』

『大家！快聽！』

在条威枕邊看護他的小龍大聲叫道。

『快點！条威哥好像在說什麼！』

『他醒了嗎？』

綾乃連滾帶爬的來到条威的枕邊。

『不曉得，不過他好像想說什麼。』

我們大家屏住呼吸，想聽清楚条威的聲音。

『他在說什麼？』

『噓，聽不見啦，翔，讓我來吧！』

燈山姊推開其他三人，輕輕靠近枕頭，側耳傾聽。

条威毫無血色的嘴唇隱約動了動。

沒錯，他確實打算說些什麼。

離他有段距離的我聽不見他的聲音，但我想他提到了『橫濱』。

我不再去聽他說什麼，轉而凝視他的側臉。

直挺的鼻梁、細長的眼睛、長長的睫毛，条威應該不是二分之一的混血兒，不過從他有點怪的名字判斷，應該有四分之一或八分之一的西洋人血統。

如果他睜開眼睛、站起身，一定是讓女孩子為之風靡的美少年。

過度工整的長相，多少給人冷淡的感覺。

我邊想邊看著他——睫毛好像在動？我凝神細看。

『条威要睜開眼睛了！』

綾乃大叫。

『条威，你醒了嗎？是我啊！綾乃呀！小龍也在唷！』

沒有回答。可是他的眼睛的確正要睜開。

緩緩的，上眼皮開了。

看見瞳孔了。

条威乾澀的眼睛裡，還看不到恢復意識的光芒，但他的確用他的眼睛看著我。

然後，他的嘴邊淺淺浮起一抹微笑，以沙啞的聲音喃喃道：『翔……』

接著再度僵硬，閉起了眼睛。
即使如此，綾乃仍然繼續喊著条威的名字。
可是条威的眼睛已經不再睜開。
我嚇了一跳。為什麼今天才第一次見面、還沒談過話，他會知道我的名字？更讓我困擾的是，我竟然有一股連我自己也無法解釋的感覺。
我好像……在哪裡見過条威？
不是偶然擦身而過的那種見過。
我在条威的眼裡感覺到的，是類似與親密老夥伴或遠走他鄉的幼時死黨重逢的那股懷念。
不可能啊！条威這個名字我是第一次聽到，如果他真的是我幼稚園時候的朋友，我應該不至於還留有懷念的感覺。
燈山姊對呆住的我耳語：『他叫了你的名字吧？』
我沒作聲，點了點頭。
『那孩子來這裡之前醒過嗎？』
這次我依舊沒作聲，搖了搖頭。

『也就是說，他也擁有超能力吧。這個叫条威的到底擁有什麼樣的力量？』
即便是連腦袋都靈光的燈山姊也覺得困惑，同時也可以看到她滿心好奇的興奮模樣。她一定是對那些來路不明的傢伙竟然追殺十幾歲的少年感到氣憤吧。燈山姊就是這種人。

『唉，我總不能丟下這種狀況的小鬼不管，沒辦法，暫時把他安置在這間房裡吧。可是我只接受這傢伙，我這裡沒多餘的棉被了。』

『好、好的，謝謝妳！』

綾乃撥撥頭髮，重新打起精神，拉拉仍然在意条威的小龍的衣服下襬，一起對燈山姊深深鞠躬。

『好啦，那麼，翔，其他兩個，就暫時住在你家吧！』

『咦？我、我家？』

『那還用說，現在你家裡的人不是剛好都去旅行了？你不是還說，這禮拜你要自己一個人過，很緊張？』

『我、我是說過沒錯……』

『那這禮拜就讓他們去住你家呀！你們不是夥伴嗎？』

綾乃和小龍看著我微笑。

『好、好吧，我帶他們回家就是了……』

也只有這麼回答了。

燈山姊說得沒錯，我家可以讓他們住到老媽她們回來為止，可是我總覺得自己好像愈陷愈深，有點不安。

『很好，就這麼說定了。翔，你快點帶綾乃和小龍回家吧！』

她已經叫他們兩個叫得很親熱了。和我認識時也是，遇到我的那一天已經直接喊我『翔』了。我感覺自己好像多了一個年紀差很多的哥哥——不是姊姊，還因此覺得很開心呢。

『啊，等等，燈山姊。』

『什麼？怎樣，翔？』

『剛剛，那個……条威，他說了什麼？』

沒得到答案的話，回到家我也會睡不著。

『我聽得不是很清楚，不過他說了某人「在橫濱」，還有海人什麼的，平安無事等等……我只聽到這些。』

『海人！一定是說海人在橫濱！』綾乃說。

『海人哥果然也平安無事呢。』小龍也興奮的出聲叫道。

還有跳進溪谷的事情，他們很容易就因為条威的一句話而被左右耶。

簡直就像是教祖的神諭。

神諭？等等。条威的能力，該不會是……

『喂，快滾回去吧，國中生！』

好不容易快想到了，燈山姊卻在我額頭上狠狠來上一彈。

『快點回家去為明天做準備。』

『準備？』

『沒錯，明天開始就是黃金週假期了，我們和這些傢伙一起去橫濱看看吧？』

『你們說真的嗎，翔哥？』

小龍聽到之後，雀躍拍手。

『謝謝，翔！』

綾乃緊緊握住我的手。事到如今，我也只有點頭了。

『兩位請進吧，家裡沒其他人。』

讓綾乃和小龍進屋裡之後，我立刻將門鎖上、掛上門鍊。

追捕綾乃他們的追兵可能會追來，如果真的來了，門上鎖也奈何不了他們吧。

『好漂亮的房子喔，有家人真好。』綾乃由衷羨慕的說。

她的父母還健在，但他們卻虐待她，所以對綾乃而言，他們算不上『家人』。

想到她的心情，我就沒辦法老實說出是因為自己討厭和老媽她們去旅行，所以一個人留下來看家。

『可是，你為什麼一個人留下來，沒和家人去旅行？』

我早就想到她一定會問，在回來的路上便預先想好了藉口。

『啊啊，雖然說是黃金週假期，可是連休與連休中間的平常日，我還是要上學。我不想為了旅行請假，所以家人決定留我自己看家。』

事實上，黃金週正中間的那一天，班上一大半同學都請假了。

『喔——翔好認真喔！』

『綾乃的學校呢？』

『我已經一年多沒上學了。』

我又問了不該問的事。明明都決定好別去追問他們的私事了。

不過，綾乃似乎不在意，開心地踏上樓梯，說：『我可以去你房間看看嗎？』

『咦？等、等一下啦！怎麼可以不等我同意就……』

因為裡面有些不方便讓她看到的東西。

我連忙追上綾乃，但是她已經擅自進入我房間了。

『呃？妳怎麼會知道這裡是我房間？』

『我剛剛來過了呀，你忘啦？』

『啊……』

聽到她這麼說，我不小心想起了綾乃全裸的樣子。

『啊，你想起不正經的事了，對吧？』

『妳、妳別亂說，沒、沒那回事！』

她該不會還有讀心術吧？不會吧……

如果真的有，那就糟了，我就不能安心妄想了。

正當我倉皇失措的時候，綾乃開始自顧自地一一打開我的書桌抽屜。

『哇！住手！妳幹嘛突然開我抽屜？』

『呵呵，因為剛剛你看到我丟臉的樣子了嘛，我也要找找看你有沒有什麼丟臉的東西呀～』

那種東西，隨便找找就可以找到了。

就是收在抽屜裡各式各樣的模型。

這就是我的興趣，說來其實也沒什麼好丟臉的，但總覺得會讓綾乃認為我這個人很孤僻。再說，姊姊她們曾經抱怨過的、穿著暴露的莎拉公主模型，也在其中。

『哇，好可愛喔！』

綾乃說著，一手拿起了莎拉公主。

『好棒喔，翔，這些全都是你做的嗎？』

出乎意料的反應，與姊姊她們完全相反。

『嗯，是啊。從設計到完成，都是我自己做的。』

『喔——真的好厲害喔！』

由綾乃的表情看得出來她是真心這麼想的。

看著正在端詳我傑作的綾乃，我不自覺得意忘形了起來。

『那個女孩子是名叫莎拉的公主，是我自創的角色。這種東西叫「模型」，屬於藝術的一環，常被世人認為很宅、很孩子氣，可是，像現代藝術家村上隆這類的世界級大師也玩這種東西喔。』

『那麼，翔也打算成為藝術家嗎？』

『不，我不是為了成為藝術家而做這些模型的……』我不禁結巴。

我根本還沒想到那麼遠。我做這些模型，不是為了將來的理想或者工作，只是將一直放在我心裡的夢想具體化罷了。

是的，我的夢，就是當個英雄。

成為厲害的英雄，幫助遭遇危險的女子，然後一起踏上冒險旅途——我這樣想像，再用模型將想像具體表現出來。

『啊，這個是你吧？好像喔！』

綾乃一手拿著以我為範本的『翔』模型，一手拿著莎拉公主，開始演起戲來。

『呀啊——救救我！翔王子！有壞人在追莎拉！什麼？那可不妙！交給我！』

『啊哈哈哈。』

我一邊笑著，同時拿出擔任壞人角色的魔導士們，加入演戲。

『喂喂喂！你這傢伙是哪根蔥啊？竟然膽敢忤逆我們魔導士？我們要用詛咒的

魔力將你四分五裂！』

『呀啊——！救命啊！』

在我的想像中，莎拉公主和綾乃的身影重疊在一起。

我想，這時候我大概已經喜歡上她了吧。

可是，我沒有『劍』，所以我恐怕保護不了她，搞不好反而會像剛剛那樣，還需要她的保護。

我能夠做的，頂多只有協助他們平安無事地逃走罷了。

我們兩個笑累了，下樓來到客廳時，小龍已經蜷身在沙發上熟睡。他像小嬰兒似的含著大拇指睡覺，那張臉在我看來，比十二歲還要年輕。

我從客房拿來棉被，幫小龍蓋上，並叫綾乃去洗澡。

這天晚上，我把房間讓給綾乃睡，我睡在爸媽房裡的雙人床上。

至於我床墊下的黃色書刊……不用說，當然早就移到其他地方去了。

明天要去橫濱尋找另一位超能力少年。我希望能在老媽她們回來前，盡我的力量盡量幫助他們。

躺在床上的我想著想著，愈來愈疲倦，不一會兒就陷入深深的睡眠之中。

3. 三名超能力者

那棟建築物，模樣很像個紙箱。

白色的立方體建築物彷彿被誰遺忘了似的，孤單的佇立在山嵐彌漫的濃綠森林深處，有點類似生日蛋糕的外盒。

然而那棟建築卻有個與外表不相符的名稱——『綠屋』。

那棟建在寬廣私有地上的奇妙設施，對外申請的用途是農業檢驗場，實際上內部連株植物都沒有，甚至連擺放在一般辦公室裡，用來撫慰上班族辛勞的盆栽或花朵、花瓶等，都沒看到。

牆壁一片純白，沒有任何的裝飾，走廊鋪著無機的漆布。天花板上有裸露在外的日光燈，二十四小時不間斷地以冰冷的白色光線照亮館內。

這天，『綠屋』從一早就相當慌亂。

『類別壹』，也就是能力開發到達實際運用層級的超能力者，全部聚集在實驗大樓，從早餐過後，便不斷進行著嚴格的實際作戰訓練。

因為下午兩點，前來『綠屋』召開『未知領域委員會』的成員們，將視察這批超能力者長期訓練下來的成果。

代號『農夫』的教官們之中，有些人會給予自己負責的超能力者超過規定用量數倍的藥物，或者超過許可量的覺醒電磁波。

『每個傢伙都這樣，搞不清楚狀況，亂七八糟！』

這個設施配有三名能力開發主任，生島荒太正是其中一位，他巡查似的、看著未達目標、不顧死活的『農夫』，同時拋出這句話。

用來開發能力的藥物，不但容易上癮，而且作用時間大多很短暫，主要用途應該是在關鍵時刻時用來延續能力的。藥物中毒的話，會失去控制力量所必需的精神力，造成能力失控，而帶來毀滅性的危險。

另一方面，覺醒電磁波如果使用不當，就會引發腦瘤，折損重要的潛力者。

還有，就算藉著藥物喚醒了強烈的超能力，那些人終究只是『栽培種』，沒那麼容易像『野生種』一樣操控自如、靈活運用。

跟逃走那四人擁有的能力，更是天壤之別。

那四個『野生種』沒有經過任何訓練，就能夠靈活操控超能力，因此一進『綠

屋』，立刻被歸入『類別壹』。

特別是那位天才条威所擁有的能力更是驚人。条威具備的『那個能力』，目前仍是只有生島才知道的秘密。

如果条威的力量完整開發了，而我又能夠馴服他的話……

這就是生島不為人知的野心。

『農夫』給了『栽培種』粗暴卻具爆發力的力量過高的評價，甚至有人只看了『野生種』的內力表，就認為他們拙劣，主張也應該使用藥物與覺醒電磁波。

可是，生島斷然反對。

這些『野生種』熟知自己的能力界線，操控能力自在得好像自己的手腳，因此只需要單純的訓練就能夠讓他們充分成長——這是生島的看法。

諷刺的是，四名『野生種』演出的精采大逃跑，正好驗證了他的看法。

生島充滿了不甘心的情緒，一邊煩躁的咂咂舌，一邊往辦公室走去，所長唐木右道正在等著他過去。

四名超能力者逃亡，最該直接負責的是擔任現場警備的新進『農夫』們，而他們已經遭到嚴厲的處分了。身為他們上司的開發主任生島，不但因部下的失誤必須丟臉，也有立場要負起責任。

『打擾了，唐木所長。』

敲敲門，沒等回應，生島便把門打開。

所長的辦公室就像沒有病患的病房般乾淨，牆壁、天花板、桌子，所有的一切都是純白色，連電腦也特地塗成白色。真是一間充分表現出所有者唐木異常潔癖的房間啊！

唐木正在電腦前，連看也沒看進門的生島一眼，逕自敲著鍵盤。

『我是生島，您找我？』

生島故意弄出腳步聲，走近唐木。

唐木沒看向他，開口說：『你應該知道「化裝舞會」的成員快來了吧？』

『是的，我當然知道。』

『農夫』們所稱的『化裝舞會』在每個月或者緊急時召開，也就是建立這座『綠屋』的金主們的集團會議。

正式名稱是『未知領域委員會』，因為成員們都以面具裝扮遮著臉現身，大家不知不覺就稱呼它為『化裝舞會』了。

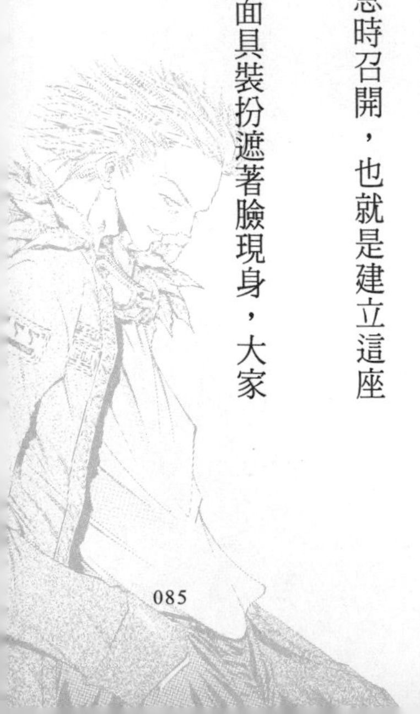

『生島，這回「化裝舞會」也要你去。』

生島感覺到自己渾身冒出討厭的汗水。

好的話，降職；最糟情況，就是從組織除名。

過去也有不少失敗的『農夫』遭到除名處分，從『綠屋』消失。聽說唐木所長為了避免洩密，不得已對他們用上藥物與電擊療法消除這些人的記憶，不曉得到底是真的假的。

該不會全被殺了吧？

不，就算沒被殺，腦神經受到強力藥物與電擊勉強消除記憶，一定會造成什麼後遺症，而且照理說，這種消除記憶的方式，通常只會刪除數個月到一、二年間的新記憶，卻聽說也有人過去十年的記憶全都沒了。

先前領到的大筆薪水全帶不走，這樣一來，根本連勉強餬口都辦不到。

除名處分對於包括生島在內的『綠屋』教官——『農夫』們來說，意思也就是流落街頭。

唐木看了看生島額頭上冒出的汗水，輕蔑的笑了笑，說：『沒必要害怕，不如說是「化裝舞會」的成員們打算再給你一次機會。他們想聽聽你的計畫。準備怎麼抓回逃走的四個人，你應該有想法吧？就趁著開會時發表吧。如果他們接受你的計畫，就會暫緩你的處分。』

『我當然有計畫。為此，我想借用幾位「類別壹」的超能力者。』生島努力忍住發抖說。

『喔？你的想法是什麼，我想先聽聽看，生島。』

『好的。我認為正好能夠趁著這次機會，讓「類別壹」實際作戰看看。對方是與「類別壹」同等級的厲害超能力者的話，我認為再怎麼熟練的「農夫」，也沒辦法輕易抓住他們。因此，以眼還眼，要對付超能力者，最好還是找同等級、或者能力更高層的超能力者，才是最好的做法。』

『原來如此，這或許真是個好辦法，畢竟是總有一天必須超越的障礙，不如就趁這個機會試試也好。』

『謝謝。』

這並非生島的本意。三十八名『類別壹』超能力者之中，有資格能夠實際作戰的，算來只有十人。

他們的能力雖然都在逃走的四人之上，但是心理方面還不夠成熟，整天沉醉在

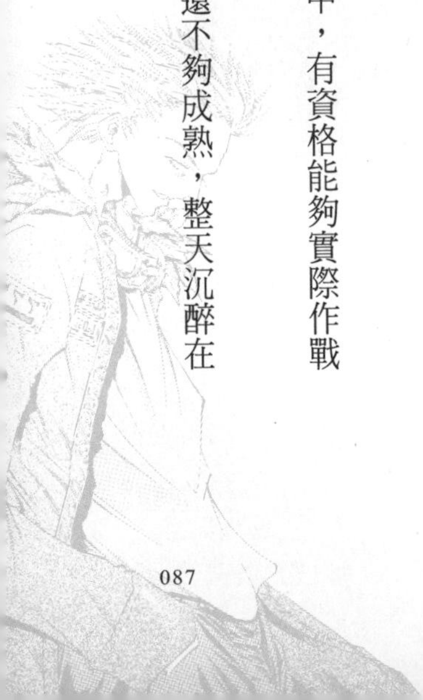

自己靠藥物及電磁波急速覺醒的超能力中，弄得不好，還有可能會殺死對手。

条威等四名珍貴的『野生種』，超能力的能量或許還沒那麼高，但素質屬高等級，而且心理方面也比較穩定，生島希望儘可能活抓他們，讓他們繼續在『綠屋』裡接受訓練。

然而……看來魚與熊掌難以兼得。

如果這次失敗的話，生島恐怕也自身難保。

最糟的情況，就是条威他們敗給投入實際作戰的『栽培種』超能力者而喪命，不過至少還能夠提出第一次實戰成果，在『化裝舞會』上評鑑。

『你立刻選定參與實際作戰的人選，在「化裝舞會」召開前提出名單。』唐木說著，只把臉轉過來窺探生島的表情。

『我已經把決定好的人選全叫過來了。』

『什麼？』

『就是將、猛丸、麻耶三人。我馬上叫他們進來……』

『已經在這裡了，生島主任。』

那個聲音突然從兩人沒注意的角落傳進耳裡。唐木不用說，就連把聲音主人找來的生島也嚇了一大跳。

循著聲音環顧四周，辦公室裡的白色沙發上，一名褐髮少年不知何時已經坐在那裡、雙腿架在茶几上了。

『我未經許可就自己進來了，唐木所長。』

『將，你什麼時候……』即使生島原本就熟知他的超能力，也不自覺這麼問。將就是這樣，會神出鬼沒的突然出現在原本不應該在的場所，教人忽視不得。

『另外兩個——猛丸和麻耶呢？』

『麻耶等在那扇門後唷，所長。她說要讓你們見識見識。』

在將這麼說的同時，彷彿就是暗號一樣，生島和唐木的面前忽然出現了一大堆腐爛的活死人——殭屍。

『唔哇啊！』

殭屍群如飢餓的野獸般呻吟逼近，連冷靜的唐木也像孩子似的大叫起來。

『住、住手！麻耶，我知道了！』

生島一叫喊，殭屍立刻消失。

將冷笑著，又對著門外大喊：『喂，猛丸！』

這時唐木坐的椅子突然喀啦喀啦的跳了起來。
『就是這樣，猛丸人就在那裡，要叫他嗎？』
『不，不用了，快住手！』
唐木緊緊抓住椅子，避免被甩落。
『夠了，我已經很清楚你們的實力了。看來交給你們應該沒問題。聽好，我想你們都聽得到，你們的任務就是抓回逃跑的夥伴們，一定要把他們帶到我面前，最好是能活捉，死了的話，也沒辦法……』
『哼！放心交給我們三個人吧……』
話還沒說完，將的身影已如幻影般消失無蹤。
確定他們都離開之後，唐木憎惡的低語道：『一群討人厭的怪物……』
『下令製作』出那群怪物的，不就是你這渾蛋嗎？生島心想。
然後動手製作的，是我……
化身為超能力怪獸的三名年輕人，終於被放出野外。
沒人知道同為超能力者的夥伴間賭上性命對決，會發生什麼情況。即便是生島，也無法想像。

『翔，那個大肉包看來好好吃喔。』綾乃像個孩子似的蹦蹦跳跳說。

『想吃的話就買吧，我已經把零用錢全帶出來了。』

我拿出錢包，走近店門口在蒸肉包的老伯。

『請給我一個肉包。』我小氣兮兮的說。

事實上，在抵達這裡之前，我們已經大吃大喝了不少東西，扣掉回程的電車費用，我身上已經沒那麼多錢可以隨便花用啦！

大概差不多一年多沒來橫濱了。

在老爸還沒被派到大阪去的時候，他常常在假日帶我們到橫濱兜風。老爸特別喜歡這條中華街，他最自豪的就是連錯綜複雜的小巷子裡有什麼，他都清楚得很。

不過，老爸也有絕不涉足的地方，就是緊鄰中華街邊境的髒亂未開發地區。根據老爸的說法，那個區域已經不屬於中華街，部分居民稱之為『無國籍街』，街頭的看板不只有中文，還有世界其他各國的語言，是個充滿危險氣氛的地帶。

建築物幾乎全是沒住人的老舊大樓，其中偶爾參雜一些掛著詭異看板的店家，總覺得他們似乎在販賣和看板標示完全不同的違禁品。

聽說這個區域不久以後就要全部重建再開發了，老爸說，或許是因為這個原因，這幾年這個地方反而更加荒涼、危險。

小龍靠著中文詢問當地居民得到的情報，顯示一起從『綠屋』逃出的第四名夥伴，似乎人就在『無國籍街』。

聽到小龍說我們要前往老爸交代絕不要靠近的地區時，我已經開始害怕顫抖了，所以剛剛才會聽到小龍和綾乃要什麼，就大方請他們吃什麼。與其到時候零用錢全部被恐嚇搶走，不如趁現在通通買食物吃掉。

再說，看到綾乃開心的表情，我也覺得很開心。

『這個很好吃喔，翔，吃吃看。』

綾乃將熱騰騰的特大號肉包分一半給我。

我咬下冒著蒸氣的肉包，被燙出眼淚來。

好快樂喔。

擦肩而過的年輕男子們無一不回頭看向綾乃。像模特兒、偶像一樣可愛又修長的綾乃，身上穿著向燈山姊借來的衣服，雖是寬大的T恤和尺寸過大的牛仔褲，但是穿在身材棒、面貌姣好的女孩子身上，仍然很有型，或者也可以說俊俏好看。

周圍的人會怎麼看我們呢？

模特兒般的美少女，還有我這個終究平凡的國中生，再加上以中文向中華街店員們問路的少年……

附帶一提，小龍穿的衣服是我穿不下的舊衣服，尺寸竟然剛剛好。

穿在他身上看起來挺不錯的——明明我穿的時候，只是普通的衣服而已呀！

小龍有著與十二歲年紀不相稱的、難以言喻的、隨性的帥氣。

竟然會有十二歲少年適合穿舊衣服?!他到底都生活在怎樣的環境下，才能培養出這種氣質啊？

小龍的肩膀放鬆，以滑行般的姿態行走。我斜眼看著小龍，思考著。

突然，我們四目相對了。我馬上開口：『小龍也要吃嗎？』

我將綾乃給我的那一半肉包，再剝一半給小龍。

『謝謝翔哥。哇啊，好溫暖。』

我想起昨天第一次見面時那個毫無表情的小龍。在大家相處愈來愈融洽之後，我才知道原來他這麼愛笑。

我也開始感受到我們兩人之間愈來愈親密，一點也不像是昨天才剛認識。

不愧是一同和拿槍的敵人搏命的夥伴啊！

雖然說我好像也沒幫上什麼忙。

我原本一直在想，是不是該問一下条威他那未知的『能力』是什麼，可是一想到，如果因為我提這件事，讓大家的關係轉冷，我心裡會難過。

反正等条威意識恢復，就能知道答案了吧。

雖然他還沒清醒，但是在燈山姊的照顧下——也不曉得為什麼她懂一堆和醫學有關的知識——應該能夠早日康復。

我們三人在他恢復之前，先抵達橫濱，尋找另一位和我同年紀、和他們一起逃跑的夥伴——海人。

『翔哥、綾乃姊，隔著這條路的對面，就是「無國籍街」了。』小龍嘴裡塞滿肉包說。

『海人就在那一區的某處，對吧……』綾乃說。

道路對面那個區域，氣氛的確完全不同，不光是看板，連走在路上的人們看起來也很『無國籍』。

『只有我們幾個到那種地方去亂晃，沒問題嗎？』

我頓時膽怯了起來。

『沒事的，有我和小龍在啊。』

也對。他們都是超能力者。

一瞬間就能夠擊倒拿槍的敵人，是很厲害的兩個人。

這麼說，我不用非得把錢花完，他們也能一掌擊倒前來勒索的不良分子吧……

『喂，你們兩個不快點的話，我要拋下你們囉！』

綾乃有些焦急的快步越過街道，朝對街的『無國籍街』走去。

我和小龍也連忙跟上去。

來到隔條馬路的這頭，宛如另一個世界。

正如老爸所說，這裡的看板上寫有中文、類似英文的語文、韓文，和不知道是哪個國家——大概是東南亞或中亞近東地區的文字。所有看板全部擁擠緊靠重疊在一起。

路上的行人不是很多，大多數是亞洲人或中東的外國人。而且愈往裡面走，一個人自言自語的危險老頭、金髮或紅髮黑臉的傢伙愈來愈多。

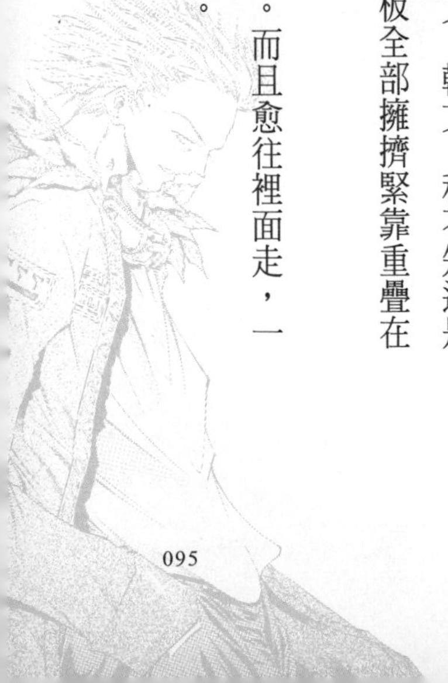

隨手丟在路上的垃圾不斷被大家踩踏，已經成了柏油路面的一部分散佈各處。歪斜的電線杆底下差不多可以說一定會出現垃圾堆，仔細看一下，其中還有老鼠或貓的屍體。

『嗯——日本也有這種地方呀……』我不自覺的喃喃說道。

結果小龍笑了起來，說：『我直到三年前還住在中國福建省，那兒有更多比這裡恐怖的地方呢。』

『咦？小龍三年前都還在中國嗎？』

『是的。我跟著父母親來日本。母親是日本人，所以我很快就拿到日本國籍，進入小學就讀。可是父親一直無法順利歸化，也找不著工作，因此兩年前拋下我和母親，一個人回中國去了。』

『呃，那你母親呢？現在怎樣了？你不見了，不就剩她一個人擔心？』

『沒，父親回中國後沒多久，母親把我託給一位一直照顧我們的整骨師父，人就不曉得去哪兒了。因為我會「氣功」，可以用我的能力幫師父治療病人，所以還能夠換到一頓飯吃。』小龍帶著笑淡淡的說。

『這樣啊……』

看到他那副模樣，我反而說不出任何同情的話來。我想他一定也不希望被同情，一定很自豪自己一個人活下來——他的笑臉彷彿這麼說著。

我們邊聊天邊快步前進，不知不覺，已經走到很少有人經過的昏暗小巷子。牆壁上的塗鴉愈來愈多，毀壞的建築物與牆壁也愈來愈多，坐在地上的流浪漢和穿著髒衣服的少年一直盯著快步通過的我們。

『綾乃、小龍，要繼續走嗎？我們已經來到很裡頭的區域，好像很危險耶。』我說。

就連綾乃也失去了剛剛的氣勢，有點沒自信的說：『我也知道呀，可是有什麼辦法。我們打聽到，長得像海人的男子直到半年前，都和同伴窩在「無國籍街」裡某間大樓的後側廣場嘛……』

她指向其中特別高的老舊十層大樓。

『這麼說來，海人哥曾經說過，他過去一直和同伴住在橫濱中華街附近。他一定是找不到我們，所以先回同伴身邊了吧。』

『是這樣子嗎……』綾乃突然露出不安的表情。

『什麼意思？』小龍問。

『沒什麼。快點吧，這裡真的有點恐怖，我們盡快找到海人，然後……』
『耶──還真稀奇呢！』
突然傳來混雜嘲笑的說話聲。
有五個男子冷不防從小巷弄裡冒出來，現身在停下腳步的我們面前。
『你們來這種地方做什麼呢～小朋友們？』
『這裡可是很危險的唷～』
『你們是送錢來的嗎？哈哈哈。』
『哇喔，有女孩子耶～金子老大。』
『而且還不是普通可愛的女生呢！』
那五個人臉上掛著冷笑，從頭到腳打量著我們。
來了。我在心裡低聲說。
正如我所料。
『看吧，我不是說過了？兩位，現在該怎麼辦？不是我自誇，我可是從來沒打過架喔！』
雖然自己心裡也覺得很丟臉，但是我只能這樣說。

這種場合，還是交給綾乃和小龍他們吧。

就算和昨晚睡前打算的完全矛盾，但事到如今，也沒辦法管那麼多了。

我只不過是個國中生，他們兩個則是在詭異機構修練過的超能力者。

『我知道，我們一定會保護你的，翔，你躲到後面。』

『是的，請躲好，交給我們處理。』

綾乃和小龍兩人一臉鎮定的走向不良少年面前。

『哎呀，可愛的兩位要來做什麼呀？嘿嘿嘿。』

這傢伙八成是這群不良少年的頭頭吧？這個整張臉除了耳朵之外到處穿著金屬環的光頭男子舔了舔嘴唇，慢慢走近我們。

這是我第一次近距離看到臉長得這麼恐怖的人，我已經嚇得快要尿失禁了。

『喂、喂，兩位，我們還是住手吧，他們看來很難搞，還是跑走比較……』

我抓住綾乃的肩膀。

就在這個時候，綾乃的身體失去力量，靠上了我。我連忙扶住她的身體，直覺『開始了』，就是昨天夜裡的『那個』！

靈魂出竅。

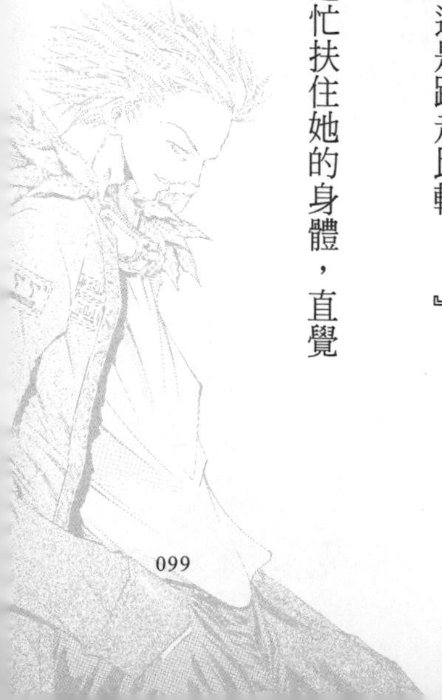

同一時間，眼前滿臉穿環的男子，表情開始不自然，笑容消失了。

綾乃附身。

男子的眼睛上下左右的來回轉動，接著，緩緩轉向了我們前面、也就是他的同夥所在的方向。

『你怎麼了，金子老大？』將紅色長髮綁在腦後的男子出聲叫喊。

下一秒，名叫金子的穿環男便發出野獸般的咆哮，開始橫衝直撞。

其他人被他毛髮濃密、胡亂揮舞的粗壯手臂勒住，其中兩人飛出去、一人撞上櫥窗玻璃，玻璃發出巨大的聲響，應聲破裂。

『金、金子！你搞啥？喂！你們催眠他嗎？』

還有一人閃過金子突如其來的暴動，伸出手打算抓住小龍的前襟。

但是小龍卻擺出公園老人偶爾會打的太極拳動作，緩緩擊向對方胸前。

『啊！』

只是這樣的動作，對方就大叫著彈飛了出去，撞上柏油路面，然後像沒電一樣動也不動。

這應該就是小龍的能力──『氣』。

昨天那股衝擊也像突然颳起的暴風般，把我打飛出去過。

只是手碰到而已，就能把高一個頭的對手打倒，真的很恐怖。

那個叫金子的，已經自己撞牆倒下了。

剩下一個人。他還搞不清楚究竟發生了什麼事，只是呆呆張大了嘴，雙腿無力地跪了下來。

『讓他再去找其他同夥就麻煩了，不如也讓他睡下吧……』

小龍這麼說完，便冷酷的瞇起眼睛，從距離最後一個人約兩公尺的位置上，伸出手掌。

『咕喔喔喔喔……』

小龍發出聲音，一口氣從胸口深處吐出了氣，就在這時候——

老舊大樓出入口處隨意擺放的雜誌堆、棄置在路旁的瓦楞紙箱、塑膠袋等等，一起毫無預警地噴出火焰。

『哇！怎、怎麼搞的，垃圾突然著火了～～～～！』

我還以為所有無法理解的事，從昨晚後已經習慣了，沒想到我還是驚叫出聲。

『沒事的……那是夥伴。』

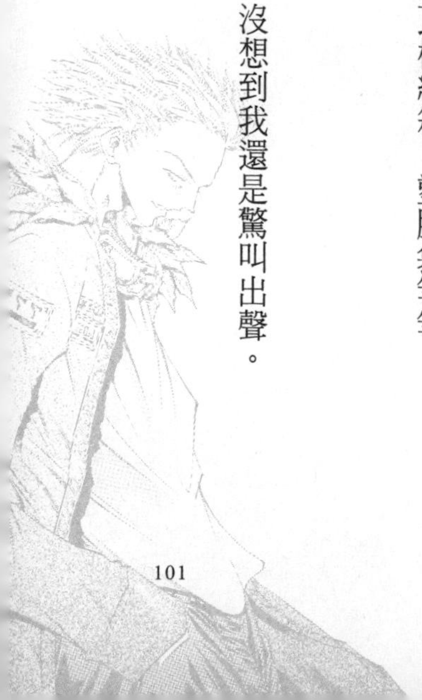

靈魂回到身體的綾乃臉上完全沒有驚訝的樣子，握住我的手，要我冷靜下來。

『他只要腦袋一想，就會製造出現在看到的火焰。』

也就是造火能力。看來我們正在尋找的超能力者就在附近。

『夠了吧，小龍？』

聲音來自剛剛那群不良少年跳出來的小巷子裡。

有點沙啞，又留有幾分孩子氣的聲音，記得我也曾經這樣子過，就是變聲期剛結束時，這就代表對方和我差不多大。

聽到聲音，小龍細長的眼睛亮了起來，回應道：『海人哥！』

海人雙手插在合身的黑色牛仔褲口袋中，彎著腰，從小巷子現身。

『那些傢伙是我的同伴，你們可以住手了，回頭我再狠狠教訓他們。』

『你果然沒事！』小龍大叫著跑近他。

高大的海人彷彿在迎接自己養的小狗，彎腰迎向小龍。

『哈哈哈，抱歉啦，小龍，還有綾乃。』

『沒關係，我們了解。如果我有地方回去，我也會直接回家。』綾乃一邊放開我的手，一邊對海人說。

中華街
楽園

『那小鬼是誰？』海人伸出下巴指了指我。

我心裡不自覺的冒出了一把火。什麼小鬼？我們應該差不多年紀吧！

話差點就要說出口了。

可是海人的身高比条威要高個五公分以上，也就是比我高約十五公分左右。

我一向拿比我高的人沒轍。站在比我高的對手面前，我就沒辦法順利說出想說的話。一定是因為心靈創傷還在吧——小學時比我矮的朋友都漸漸超越了我，結果我反而成為班上最矮小的小不點。

想起那個時候，心情也跟著變糟了。小學生會因為出生月份和成長快慢，一下子出現十公分以上的身高差距，對男孩子來說，這種事情多少也影響了自己在班上的排序。身高一被超越，立場馬上轉變，原本看不起人的，反過來成了被看不起的對象，一點點小事情就會被欺負。

班上同學這種強弱關係的微妙替換，還算不上是『霸凌』，所以跟大人說他們也不會懂，只好說服自己妥協，堅強起來、快點變成大人。

雖然現在我認為自己的身高和年齡相符，但仍然感覺自己的心裡有一部分和小學時一樣，總是在仰望別人。

『怎麼叫人家小鬼，海人！他和你同年喔。』

綾乃似乎是注意到我的心情，代替我回答海人的問題。可是那股體貼反而讓我難受。

『而且，他就是「翔」唷。』

『什麼？』

一聽到我的名字，海人頓時表情嚴肅。

『這傢伙就是条威說的那個？』

『是呀。』

『妳是說，我們的將來要靠這種小鬼？』

他們的將來靠我？什麼意思？這麼說來，綾乃第一次見到我的時候，好像早就知道我的事了……

海人怒氣沖沖的瞪著我。

唉，好像又捲進什麼麻煩事了。我昨天才遇到綾乃他們，算起來頂多是個局外人，為什麼我必須經歷這一切拜託和憤怒呢？

我心裡想著，臉上則是低聲下氣的陪笑，開口向海人打招呼。

『你、你好……』

海人沒有回應，只是吐了口痰在路上。

『条威也有腦袋不清楚的時候吧？』

『海人！』綾乃說。

小龍也插話：『海人哥，怎麼可以這麼說話？就是多虧了条威，咱們才能從「緣屋」逃出來的呀！』

『那傢伙現在怎麼樣了，小龍？』

『他沒事，只是還沒醒過來。』

『這樣啊……沒事啊。』

海人轉身背向我們，說：『那你們回去吧！這裡不是你們來的地方。不如趕快回到重要的夥伴条威身邊去吧。』

『海人！』

『海人哥，你打算拋下我們，躲在這裡嗎？』

海人轉過身，以眼神制止打算追上去的綾乃和小龍。

『躲？這裡是我的城鎮，我回到這裡，有什麼不對嗎？』

『我們沒說不對……只是，我們不是夥伴嗎？』

『這些傢伙也是我的夥伴啊！』

海人說著，看看被小龍與綾乃擺平的不良少年們。

他們互相扶持，站起身來，集合到海人身邊，瞪向我們。

『這些傢伙和我一樣沒有家，我去「綠屋」之前，一直和他們一起生活。我不在的時候，這些傢伙必須替其他幫派和這個區的小流氓工作，才能換到一頓飯吃。現在我回來了，怎麼可能讓他們繼續這樣？我要保護他們，所以……』

海人背對小龍與綾乃，用力地說：『快回去！』

綾乃他們完全無法反駁，只是低著頭。

『你們這些王八蛋！』

海人怒吼，給了剛剛襲擊我們的那些傢伙一人一耳光。

『我不是說過，不准恐嚇或是找外面來的傢伙打架嗎？我回來了，就不准你們再這樣亂來，聽清楚沒有？』

那股氣勢，讓那群恐怖的不良少年像小狗一樣乖，其中甚至還有比海人年長的傢伙。

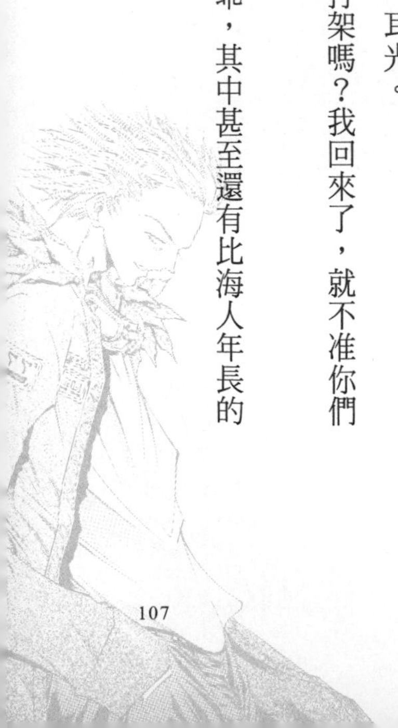

撞破玻璃的男子，以及撞上牆壁流血的穿環男，全都乖乖聽海人的話，對我們生硬的低頭道歉。

看來海人似乎是這個邊緣地區不良少年的頭頭。如果他展現剛剛看見的放火超能力，要成為不良幫派的老大，只是早晚的事。

不過，這些不良少年似乎不是因為海人的能力才跟隨他。

圍繞著海人的不良少年看起來，與其說是害怕海人，反而更有種親密的感覺。

『對不起喔，我們不知道你們是海人的熟人。』

『很抱歉。不過，真的超厲害的，好久沒見到海人的「能力」了！』

『海人要和我們在一起，這麼一來，我們一定能奪回勢力的！』

『廢話！蠢蛋！我們再也不會被流氓要脅要錢了，對吧，海人！』

不良少年每個人嘴裡都稱讚著海人，一起追上離去的他。

他深得夥伴們的愛戴。

這樣的話……

『怎麼辦？看來他在這裡有同伴，我想他應該不願意和我們一起走了。』目送帶著夥伴離開的海人消失在小巷子之後，我對綾乃和小龍說。

『不行！怎麼可以！』

綾乃的聲音有些驚慌。

『只要少一個人，我們就會被「農夫」抓回去了！因為有遠距離火焰攻擊能力的「火人」海人在，我們逃進森林時，那些「農夫」才沒辦法靠近呀！我們是因為四個人在一起，才逃得掉的呀！如果海人不跟我們走的話，我們一定……會被抓住的……會被殺掉的……』

『沒事的，綾乃姊。』小龍說。

他企圖鼓舞受到打擊而垂頭喪氣的綾乃。

『海人哥待在這裡也不安全啊。我想「農夫」一定知道他會回來這裡。而且海人哥並不是拋棄了我們。沒問題的，他一定會和我們回去，所以我們再去和他談一次看看吧？』

綾乃點點頭，站起身，開口對我說：『對不起，翔，你一在，海人反而意氣用事，他人就是那樣。對条威也是，不像我們一樣那麼乖乖順從……』

『再去和他談談看吧，就我們兩個。所以，翔哥，你要不要先回去？』

『我是無所謂啦……』

一個人被留在這種地方也挺恐怖的——我說不出口。

現在還是大白天，而且剛剛那些傢伙會靠過來，應該也是因為有綾乃這麼可愛的女孩子在的關係。如果只有我一個人，就算被纏上的話，頂多是剩下的零錢被搶走罷了。

不過……

我還是怎樣也不想一個人回家。

『我明白了，那我先回到中華街上，去剛剛那家肉包店等你們。』

我向綾乃他們告別，一個人小跑步按剛剛來的路回去。

還差一點就走出『無國籍街』了。

就在這時候——

我感覺微微的頭暈，便停下腳步，腦袋很沉重，還有點耳鳴。

『不會是快感冒了吧？』

也是有可能，畢竟昨天有點涼，我還滿身大汗的揹著条威走。

『還是跟他們說我先回家好了。』

可是，我和綾乃他們都沒帶手機，現在這種時候也沒辦法通知他們。

『唉，算了，先去肉包店喝個熱茶吧。只是喝茶，我身上的錢應該還夠。』

我自言自語的彎過轉角。

『咦？』

突然覺得有點不對勁，我停下了腳步。

一個人也沒有。不論是路人，還是店裡的客人，我一個也沒見到。

這個轉角的對面就是通往中華街入口的馬路，來的時候還很熱鬧啊，這是怎麼回事？

『奇怪了……』

我回頭看向剛剛走來的路。

『……呃？』

到底是怎麼回事？連一個人影都沒有。

『怎麼會有這種事？剛才不是還一大堆人嗎？』

那堆人怎麼可能一轉眼就全部消失了？這究竟怎麼搞的？

我感覺自己的心臟強烈跳動。

這下可好了，鐵定和我昨天開始踏入的『非日常世界』脫不了關係。

也就是說……是超能力？

問題是，誰的？不過，更重要的是，這是什麼能力？

不可能有超能力把所有人都消除吧？再怎樣厲害的超能力者也不可能辦到。

『喂，在那邊的！』

身後傳來嬌滴滴的鼻音。

我轉過頭，一名女孩坐在路邊舔著冰棒。

事後想想，無法想像的『超能力者大會戰』，事實上早就在這一刻揭序幕了。

4. 超能力者大會戰

出聲叫我的少女吃掉剩下的冰棒，將冰棒棍丟在路上，站起身來。

『就是你啦，你呀！你在發什麼愣？』

對方的年紀大約和我相同，或者大我一點，長相像日本娃娃一樣清秀。

有什麼不對嗎？她的嘴巴和眼角一直掛著笑容。

服裝是全黑的長袖T恤和同樣黑的緊身迷你裙，頭髮是黑色的直髮，身上每一處都很適合她和風的長相。

我安心了，看來路上不是一個人都沒有。應該只是某種巧合，才會變成這種不可思議的狀況。

『你有看到人嗎？』那女孩又問了個問題。

笑容真可愛……啊，現在不是想這種事情的時候了。

突然問我這麼怪的問題啊！果然可疑。

這傢伙是幹嘛的？簡直和綾乃他們一樣……

我想摸清楚狀況，於是反問她：『妳是誰？找我有什麼事？』
她沒回答我的問題，逕自說：『如果你沒有看到任何人，那我讓你看看吧？』
『啊？妳是什麼意思？』
『就是這個意思。』
我感覺自己聽到了『咚！』的一聲。不對，那不叫『一聲』，因為我能夠確定不是耳朵聽見的聲音。是更含糊、但可以確定是一個東西撞上另一個東西的觸感，就像『衝擊』，在腦袋中掀起波紋。
下一秒，我看到了絕對不可能發生的光景。
我的眼前，有『我』。很唐突的，就這麼出現了，從空無一物的空間，彷彿開燈一樣，啪的現身。
然後，站在我面前的『我』，如同殘像似的開始分裂。
過沒多久，原本沒半個人的前方，全都被『我』給塞滿了。
我、我、我、我！增加到無數多的『我』，一起看著我，冷冷一笑。
我打從心底湧起一股恐懼。
『唔哇啊啊啊～～～～！』我盡全力叫了出來。

9135
RURI

如果這時候我的手上拿著槍，肯定會毫不猶豫，朝自己的腦袋開一槍的。要是這股恐懼再繼續持續個幾秒鐘，那我的心將會永遠淪陷在黑暗之中，恢復不了了。

然而，這種情況並沒有發生。

和出現時一樣唐突，『我』全部消失了，消失得一乾二淨，沒剩下絲毫殘影。我的雙腿已經發軟無力了。

四周又回復到空無一人、像鬼城般的狀態，只有我和那個一直不斷微笑的少女兩個人。

剛剛我所看到的，好像全部都是幻影。

……不，應該沒那麼單純。

我的直覺告訴我，我現在看到的鬼城狀態也是假象，其實這裡還是剛剛那個人來人往的普通馬路。眼前的少女製造出幻象，讓我以為這裡只有我和她，沒有半個人在。

想到這裡，我立刻冷靜了下來，幸好我平常就很愛幻想。

少女看到我竟然完全沒被嚇到的樣子，好奇的靠近我說：『喔，看來你不怕耶，果然厲害……』

我快速站起身，擺出迎擊敵人的姿勢。

『剛剛是妳搞出來的嗎？』

『呵呵呵，答對了，這就是我的超能力。』

『妳的超能力？』

也就是說，她的能力是讓人看到幻影嗎？

『不懂嗎？這是屬於傳心術的一種喔！』

『傳心術？就是心裡想到的事，不用說出口，直接靠腦袋傳達的「那個」？』

『對，也稱為「心電感應」，只不過我的能力更強大，可以像剛剛那樣把影像或聲音強迫送進別人的腦袋而已。很厲害吧？呵呵呵。』

現在不是說厲害的時候吧？弄不好的話，腦袋會掉兩、三根螺絲耶！

『然後呢，你的能力是什麼？』她開心的笑著開口問。

『咦？』

『告訴我你的能力是什麼嘛，你不也是超能力者嗎？因為你是綾乃和小龍的同伴呀，我看到囉，你們走在一起。我對你這傢伙很感興趣，所以先把綾乃他們擺一邊，追著你過來。』

『我、我是……』

看來，她誤會我和綾乃他們同樣是超能力者了。別開玩笑了，我只是普通人耶！只是平凡的普通國三生而已！

『喂喂，快點告訴我呀！不說的話，讓你看看更可怕的東西喔！呵呵呵。』

這種緊要關頭，該怎麼做才好呢？

唉，早知道還是應該和綾乃他們一起去。話說回來，也是因為我和綾乃他們走在一起，才會遇上這種事情的，所以，這件事從一開頭就是個錯誤了。算了，現在才來想這些也於事無補，事情都已經這樣了，我早就被捲進來了。

總而言之怎樣都好，趕快想出個辦法來呀！

剛剛那些無數的『我』已經夠讓我頭痛了，等一下如果真看到更恐怖的，我應該會嚇死吧。

盡量拖延時間吧，搞不好綾乃他們會過來救我！

『啊～～～～真的是，煩死人了！到底要不要說，選一個呀！』

『等、等一下啦！妳……喂，妳叫什麼名字？』

『名字？麻耶啦，怎樣？』

『麻、麻耶啊……怎麼寫？』
『麻繩的麻，耶是耳字邊……』
『啊啊，我知道了！麻耶是吧，嗯，我知道了。』
『然後呢？』
『然後？嗯……真、真是個好名字耶。』
『你這傢伙囉唆死了！要我把你的腦袋搞壞嗎？』麻耶停止微笑，吊起眼睛。
糟了，拖延作戰失敗！
『等、等等！等一下，麻耶，妳和綾乃是什麼關係？』
『啊？什麼跟什麼啦，什麼叫「什麼關係」？』
『別管那麼多嘛，回答我啊。』
『關係啊，應該算同期生吧，雖然我非～常討厭她。你沒聽說過「綠屋」的事情嗎？……啊，糟了，我說溜嘴了，跟你對不起喔。』
『跟我對不起……？』
『因為「綠屋」的事情我說溜嘴了嘛！哎呀，不小心又說了。啊哈哈哈！』
『沒、沒關係，我會當作沒聽到。』

『真的？可是沒辦法耶，既然我說溜嘴了，就要負責幫你消除跟「綠屋」有關的記憶，要不然的話……』

『要不然的話……？』

『就只有殺掉你了。』麻耶彎起嘴唇微笑。

這下慘了……不快點想辦法的話，這可不是開玩笑的！

『等一下！』我盡全力張開雙手，盡量擺出害怕的表情。

對於我不明就裡的舉動，麻耶瞬間愣了一下，停止動作。

『妳不是想知道我的超能力是什麼嗎？』

我學著麻耶的笑法，彎起嘴唇，一邊流著冷汗，一邊裝腔作勢。

可是，看來似乎有點效果。麻耶的笑僵住了。

『不清楚我的力量就要制裁我，妳的膽子也不小嘛，麻耶。』

虛張聲勢第二彈！

麻耶嚇得往後退了兩、三步。

『我話先說在前面，綾乃和小龍可是靠我罩的。』

第三彈，發射！

『靠你罩？那兩個？喔——你這麼厲害呀。』

麻耶臉上的表情越來越僵硬。

很好，就是這樣。這樣下去的話，應該可以……

『聽好了，麻耶。如果妳現在撤退的話，我今天就放過妳。如果不肯，有什麼下場，妳自己負責喔。』

心臟狂跳的第四彈，發射！

麻耶靜靜的盯著我看，她應該在思考吧？

思考和能力不明的我在這裡戰鬥好呢？還是重新檢討的好？毫無疑問的，當然是後者好啊！這種時候只有重新檢討了，好不好？就這麼辦吧！

『這不是很有趣嗎？』

麻耶說完，嘴角又向上彎了起來。

『難得有這種機會，可以遇上不是「綠屋」出身又具備厲害超能力的你……』

『咦？沒有啦，也沒有多厲害……』

『只有賭看看了呀。別看我這樣，我可是「類別壹」呢。』

『類……類別壹？』

『動手吧，「野生種」，既然我們都有超能力，就沒什麼好客氣了，痛痛快快打上一場吧！』

麻耶這麼說的同時，我的腦袋中再度響起一個衝擊聲。我連忙閉上眼睛。睜開的話，一定會看到一堆糟糕的幻影。

管他是幻影還是什麼的，只要閉上眼睛，就全部都看不見了。我的想法正確。麻耶想讓我看到的幻影，因為我『閉上眼睛』而無法襲擊。可是，我只是沒睜開眼睛看而已，不代表它們不存在。

幻影圍繞著閉上眼睛、佇立在原地的我，一邊呻吟，一邊轉圈，還來到我耳邊，甚至發出要大口咬下我的頭的聲音。

就在我以為它已經遠離的時候，它又突然大聲咆哮襲來。

我拚命告訴自己——不行，不能睜開眼睛，這些都是幻影，不去看就不會害怕了。不要被騙了！

『……哼，有在用腦袋嘛，「野生種」。不過你老是閉上眼睛的話，自己的超能力也使不出來囉！』麻耶說完，狠狠賞了我的臉頰一巴掌。

我忍下來了。不管她想做什麼，這裡畢竟是有很多行人通行的街道。她總不能殺了我吧？

『說話呀！懦夫！』這次，她改贈送一拳給我。女孩子的拳頭也挺痛的。嘴巴裡頭咬破了，充滿血的味道。

沒問題，忍住。如果她還要做出更過分的事情，路人應該會幫我，再怎麼說，這裡其實是人來人往的街角……

『我話先說在前頭唷，「野生種」，不會有人來幫你的。』

什麼意思？

『我用我的「傳心術」影響路過這裡的人，所以他們全都看不到你喔！』

什麼……

『所以說你啊，現在可是透明人狀態，不會有人在意你被我打的啦，啊哈、啊哈哈哈哈！』

哪、哪有這樣的啦……

『那麼，差不多該結束了。呵呵，我拔刀囉……哇，揮起來了！從頭上一刀砍下去怎麼樣？嘿～～～～咻！』

『住手！』我忍不住大叫著睜開眼睛。

站在我面前的是交叉著雙臂看著我的麻耶，以及無數的怪物。

中計了！中了她刀子的計了。

……眼睛睜開了。

『呵呵，騙你的啦，我在對大家發送「傳心術」，怎麼能揮刀子呢？』

這下糟了……

『我贏囉，「野生種」。』

睜開的眼睛已經無法閉上，只好一直盯著眼前像爛泥般流著口水的異形怪物。

『你的心要被這些孩子們吃掉了。』

怪物們一起跳起來，朝我飛過來。

會被吃掉！就在我這麼想的時候……

嘰嘰～～～～～～～！喀鏘！

輪胎的聲音與劇烈的撞擊聲響起，其中混雜著玻璃還是什麼東西破掉的聲音。

『呀啊～～～～～！』麻耶大叫。同時，怪物也在半空中消失。

一陣輕微的暈眩後，出現在我眼前的不再是幻象，而是現實，衝擊與巨響的真面目就在那裡。

嚴重毀損的車子。原本行駛在車道上的小型卡車，不曉得為什麼偏離車道，撞向我們所在的人行道來。

四周果然都是往來中的行人，大家聚集過來查看發生什麼事了。

麻耶為了閃開朝她撞來的卡車，摔到人行道上，她抱著流血的膝蓋呻吟著。

宇宙超級幸運！要逃就趁現在吧！

我顧不得方向連忙跑開。

跑啊，跑啊，拚命跑。一邊跑，我一邊笑起來，怪得不得了。

想想後頭的事情，現在似乎不是笑的時候。

看熱鬧的路人開始聚集，救護車的聲音響起，麻耶連滾帶爬地逃離事故現場。

擦傷的膝蓋很痛，更重要的是，她非常不甘心。一方面是因為『超能力者大會戰』首戰就敗北，另一方面是居然被打敗了！

怎麼可能有這麼強的超能力者?!

不過那傢伙的確……

『真丟臉，麻耶。』

麻耶嚇了一跳，抬起頭來，將不知道什麼時候站在那裡。

這傢伙每次都突然出現在別人面前，還帶著一張傲慢的臉。

『我太大意了。沒想到綾乃他們那群人裡有那麼強的超能力者，是我把事情看得太簡單了。』

『妳是說，引發那起交通意外的，是那個超能力者？』

『是啊！而且他還是「野生種」唷。改變行進中的車輛方向、讓車子撞向我，什麼意思你懂了嗎？那傢伙是怪物，擁有難以置信的超強能力——他是「念動力」超能者啦！』

『妳說……「念動力」超能者？』

將的臉憎惡得扭曲變形。

『這世界上不需要那種傢伙！沒必要把他帶回「緣屋」！』

『將？……』

『接下來換我出場。在「農夫」知道他的存在之前，讓我先把他解決掉！』將說完，就如幻影般消失了。

也不知道我是怎麼跑來的，總之，我總算抵達和綾乃他們約好的肉包店。看來我繞了很遠的路，不但一身汗，而且綾乃他們早就到了。

『怎麼了，翔，你的臉？』綾乃看到臉頰腫起來的我，冒失的叫出聲。

『被不良少年打的嗎？』小龍說。

雖不中，亦不遠矣啊！也有麻耶那種型的不良少女吧。

『不是，事情不好了。重要的是，你們那邊怎樣？海人呢……？』

兩人垂頭喪氣的搖搖頭。

『還是不行。』

『這也沒辦法，誰叫那邊是海人的故鄉呢。與其和我們在一起，或許海人留下來會比較好……』

『可是，就算海人哥要留下來，總有一天，「農夫」也會找到那裡的吧？到時候就算有再多普通的不良少年也擺平不了，海人哥一定會被抓回去的。』

『啊，對了，我有事要說。你們的敵人已經來到這附近了。』我插話。

『咦咦?!』

『你說什麼?!』

『總之，不要站在這裡說，要不要進去店裡面？』
『等、等一下！你要說什麼？那個傷該不會是……』
『唉，是啊。其實，我剛剛遇到一個叫麻耶的女孩子……』
『翔，過來！』
兩人強拉著我的手臂，一邊小心翼翼的注意四周，一邊往店裡面走去。
我才一坐下，就立刻把和綾乃他們分開後發生的事情，稍微加油添醋的、毫無保留的說出來。
他們兩人聽到一半，完全不管我講得正High，只是鐵青著一張臉不發一語。
我話一說完，他們立刻站起身，拉住我的手，無視於前來點餐的歐巴桑，急忙離開肉包店。
『你、你們怎麼了？幹嘛這麼急？』
『還怎麼了？我們被麻煩的傢伙盯上了！總之，我們得快點離開這一區。』
『綾乃姊說得沒錯，現在那些傢伙正在附近搜索我們三人的行蹤！』
『找歸找，可是這一帶有這麼多人，沒那麼容易說找就找得到吧？』
『會被找到的！』

『反正快逃就是了！』

我們氣喘吁吁，急忙跑出中華街，一口氣跑到快速道路底下的小高丘上。那裡有個小公園，大片伸展的樹枝形成樹蔭，是個有點難被發現的地點。我們在公園的長椅上坐下，稍微休息。

我大口喘氣，同時對他們兩人說：『不是跟你們說，不要什麼都不講就拉著我到處亂跑嗎？為什麼要這麼急著逃跑？還有，那個女生又是誰？誰是麻煩的傢伙？你們的意思是，那個女生還有其他的同夥嗎？』

『等等，我想一下要先回答哪個問題……』綾乃說。

『綾乃姊，不如從這個東西開始吧？』小龍從口袋裡拿出收音機大小的機器。

我記得那個。沒記錯的話，是在小木屋受到『農夫』攻擊時，他們兩人從被打倒的『農夫』身上搶來的東西。

『說得也對。那麼，小龍，就麻煩你了。』

『咦？我來解釋嗎？』

『是啊。我對那個機器又不清楚。』

『真拿妳沒辦法，明明比我大兩歲。』

『啊——夠了夠了，怎樣都好，快點說啦！』我開始焦慮起來，於是小龍只好從頭開始解釋一次。

『我也不擅長這種事情，要是腦袋好的条威哥在場，就能簡單解釋清楚了……唉，總之，這個機器叫「搜索者」，一言以蔽之，就是用來找出我們的探測器。』

『探測器?!怎麼可能用那種東西就找得到人？』

『因為我們超能力者會發出特殊的腦波，讓這個機器找到。事情有點複雜，所以我直接轉述条威哥說的話：這個「搜索者」能隨時透過網路連上「綠屋」的主電腦，查詢我們登錄在主電腦中的腦波特徵。』

我感到毛骨悚然。

怎麼會有這種事?!這麼說來，只要那些資料不被毀損、沒有消失，不論逃到哪裡，『農夫』都會一直追著他們來囉？怪不得走到哪裡，敵人都會立刻出現。

『那、那麼，那個襲擊我的「傳心術」超能女……』

『麻耶的事，問我最清楚！』綾乃插話。

『那傢伙非～常囂張，個性又很差！老愛多管閒事，是個教人生氣的女人！還有那日本娃娃的長相、邪惡的眼睛……最叫人詬病的就是她的品味啦！你不覺得她的品味很差嗎？我們穿的衣服都是拜託「農夫」幫忙買來的，那傢伙每次都是一身黑，根本就是烏鴉嘛！有夠怪的……』

『……夠、夠了，我不是問這個……』

『啊，對不起。麻耶是使用藥物與機器覺醒的「栽培種」超能力者之一，也算是菁英級的「類別壹」一員。』

『類別壹？』

『嗯。能力強、而且能夠自在運用超能力的孩子都屬於「類別壹」。還沒到那種程度、還在修練中的，屬於「類別貳」。「類別參」是素質獲得認同，但能力還是未知數的孩子。』

『你們應該也是「類別壹」的吧？』

『廢話。我、小龍、海人，還有条威，一進「綠屋」就被歸入「類別壹」了。不過那個麻耶啊，原本只是有天分而已，「綠屋」對她使用藥物和機器之後，能力才覺醒。她覺醒前本來俗氣到不行，能夠自在使用「傳心術」超能力後，就變得有夠囂張的！』

『我說，綾乃，那個不重要啦……』

『抱歉抱歉。因為我很討厭她，不小心就……』

綾乃這部分完全像個普通女孩子……不，搞不好她只是漸漸露出真面目，原本的她其實就是這樣吧？這意味著她心裡接受了我嗎？

『麻耶不構成威脅，麻煩的是他們同夥裡的另外兩個傢伙——將和猛丸……』

綾乃說著，手裡拿著枯樹枝在公園地上寫了個『將』。

就在這個時候——

『說夠了嗎，多嘴女？』

『咦？』

那個聲音突然自眼前傳來。

與聲音同時，在空無一物的前方出現了一個人影。

啪！好像氣球破掉聲音響起，綾乃的臉頰挨了一巴掌。

『呀啊！』突然挨了一記毫不留情的巴掌，綾乃跌下長椅。

『誰？怎麼突然……』

冷不防就隨便打女生巴掌?!血液衝上我的腦袋，我立刻跳起身，準備抓住那個『不明人士』的衣襟。

『混蛋！』

『翔哥，住手！』小龍出聲說。

可是我沒停手。這還是我第一次這麼火大，甚至沒空去想害不害怕。

竟然這樣對待綾乃！我饒不了這傢伙！看我怎麼好好收拾你！這是有生以來，我的胸口第一次迸發這麼強烈的情感。

然而，我奮力伸出的手卻揮空了。那裡又回到空無一物的狀態。

消失了嗎？……才這麼一想，下一秒，我的後腦勺就狠狠挨了一記。

我眼冒金星，摔倒在地面，鼻子撞到地上，嘴裡吃進滿滿一口沙子。

『啊？什麼嘛，你也沒多行啊！』

頭上傳來了一個男生的聲音。

『這就是讓麻耶吃苦頭的超能力者？』

是聽來有點恐怖的『不良口吻』。看來，誤會還沒解開，這傢伙也以為我是超能力者。

『站起來！渾蛋！』對方怒吼道。

我的勇氣瞬間萎縮。

果然還是不行，因為生氣而產生的勇氣，一下子就不見了。我開始想擺出哭喪的表情向他道歉了。
對不起、對不起，我真的不是什麼超能力者。
我不知道麻耶大小姐為什麼會被惡整，但我只是平凡的國中生啊！根本沒有什麼超能力，我連打架都不會，只是個『懦夫』而已——
對，這個形容詞最適合我了！
小學校外教學的時候，我在關西遇上一群低級的傢伙，被他們修理了一頓；當時我鞠躬哈腰，他們還嘲笑我是『懦夫』，那時候我真的很不甘心……
『……混帳東西！』我低聲說。
怒火又一次被點燃。這回不是因為對看不到真面目的敵人生氣，而是對我自己的憤怒——我饒不了這個馬上就低頭、毫無毅力的自己！
『哇啊啊啊啊啊！』我站起身，抓住應該正站在我面前俯視我的男子的腳，準備把他拉倒——卻又揮空了。
為什麼？我抬頭往上看，嚇得我差點腳軟。
身穿紅夾克的褐髮男子浮在半空，他交叉著雙臂，靜止在兩公尺左右的高度。

我愕然的抬起頭，身旁的綾乃與小龍也同樣驚訝。

『哼，怎麼了，綾乃、小龍？怎麼連你們也一臉訝異？我們可是同樣出身「緣屋」的超能力者喔？不是低水準的半吊子啊！』男子臉上露出殘忍的微笑這麼說。

『將……你什麼時候練成了「空中飄浮」？……』

『該、該不會你的「念動力」也覺醒了吧？』

綾乃和小龍同時說。

『呵呵呵。唉，以你們的腦袋，當然只能想出這種答案。這是舉一反三，我只是把我最強的「瞬移力」換種方式使用而已。』

瞬移力！也就是瞬間移動的能力。

這樣一來，我就清楚他為什麼能夠突然出現在眼前，也明白為什麼我想抓住他時，他又瞬間消失，更知道他為什麼能夠飄浮在半空中了。

『這傢伙反覆瞬間移動，讓自己停留在半空中！』我伸手指著他說。

很簡單，就跟卡通看起來為什麼會動的原理相同。連續播放每個動作稍微不同的靜止畫面，就會因為眼睛的錯覺，看起來好像是在動。

將用的也是同樣的方式，靠著重力落下，再往上瞬間移動，這樣看起來就像飄

浮在空中了。

『總算有個傢伙的腦袋是靈光的了。但你不是出身「綠屋」，讓我很不爽，這也就算了，竟然還是「野生種」？開什麼玩笑啊，你這傢伙！』

這是誤會啊！

『小子，給我站起來！我們打打看啊！你是最強的是吧？』

最強……完全不值得開心的過度評價。

不過，既然他這麼認為，搞不好我可以利用這點，找到出乎意料的應付方法。對，裝腔作勢！剛剛用這個方法騙倒麻耶，最後藉由偶發的意外擊敗她，現在再試一次。

『有趣，一對一的話，我接受。』我用力撐起搖晃的膝蓋，站起身來。

『別亂來！就像你看到的，對手不是普通人……』

『沒關係，交給我。我就讓你這傢伙見識見識我的超能力！』我勉強擺出『大無畏的笑容』，綾乃困惑了。

這當然啊，他們知道我只是個普通的國三生，也清楚我不可能有什麼超能力，更不明白我為什麼裝腔作勢，所以他們現在腦袋一片混亂。

但，我並不是毫無勝算。既然將這傢伙是藉著連續瞬間移動的方式飄浮在空中，順利的話，我應該能夠擊落他。所以我希望綾乃他們能配合我虛張聲勢。

我抱持這種心情，凝視著綾乃他們。

『很——好，真是愈來愈有趣了。來吧！念動力超能者！讓我看看你移動奔馳中的車子，讓它撞上麻耶的實力吧！』

聽到將說的話，綾乃與小龍睜大眼睛看向我，然後兩人互看了對方一眼，再度以充滿期待的表情看向我。

喂喂！你們竟然完全相信那個飄在半空中的傢伙說的話呀?!車子撞到麻耶只是意外，是我運氣好而已。

『我明白了，翔，只有孤注一擲了。』

綾乃說完，往後退了一步。

『提醒你一點，那傢伙能夠瞬間移動的距離，每次差不多十公尺。』

管他是十公尺還是一百公尺，對我這個普通人來說，都一樣啦！

小龍也慢慢往後退，說：『請小心喔，翔哥。被他碰到就完蛋了，他會把你打飛到離地面十公尺高的地方，一回合就結束了。』

什麼？他不但能夠移動自己，也能夠移動別人嗎？我怎麼沒聽說?!

『囉哩巴唆！綾乃、小龍，你們這些雜魚靜靜待在旁邊看！敢動一下，我就先殺了你們！』

『當然啊，將，我和小龍絕對不會出手，所以你也不准耍卑鄙、找幫手喔！』

很好，絕對不會出手——哪有這樣的啦！我本來打算，如果我的『裝腔作勢』戰術失敗了，你們可以馬上出手幫我的啊！

『呵呵呵，正合我意。好了，我們是不是該動手了……』將這麼說完，突然又消失了蹤影。

他出現在距離兩、三公尺處的空中，接著又消失，就這樣不斷反覆，消失、出現的速度愈來愈快。他製造出的殘像，看起來好像有無數個將，簡直就像忍者的分身術。而且，那些殘像全都飄浮在兩公尺高的半空中。

真是詭異的光景啊！彷彿在做惡夢。

我現在才開始後悔自己竟然有這種無聊的想法，打算靠『虛張聲勢』的方法，唬弄正牌的超能力者。怎麼想都不覺得自己有勝算。

面對這種怪物對手，剛剛站起身時手裡偷偷握住的一把沙子能拿他怎麼樣？

事實上，我原本打算找出漏洞，拿沙子撒向他，讓他睜不開眼睛。這麼一來，飄浮在空中的將就會受到驚嚇，暫時停止連續瞬間移動。因為他的飄浮方式是藉著不斷反覆順著地心引力落下、再往上移動，因此暫時停止連續移動的話，他就會摔下來，撞上地面。

我的想法真是太天真了，他這樣一直亂動，我怎麼可能對他撒沙子呢？仔細想想，對手當然不可能老是停在同一個地方啊！因為這不是在玩遊戲，而是真正賭上性命的戰鬥。

我想起自己平常的幻想。如果我是幻想世界中的我，這種時候一定會揮舞著擁有魔法力量的傳說之劍，迸出光能量退敵。

我想要劍，想要擁有代替劍的力量。沒有那些東西，好恨啊。明明連必須守護的公主都說靠我了。

『後面危險！』綾乃大叫。

我一回頭。

『去死！』將的手打算抓住我，逼近我眼前。

『哇啊！』我連忙躲開，將的手指擦過我的臉頰。

將的手用力過猛，抓住了我背後的鐵製垃圾桶，垃圾桶也跟著消失，數秒後從天而降，摔在公園另一側的馬路上。

垃圾桶狠狠摔爛，在路面上彈跳。

我感到毛骨悚然。

如果那個是我的話……肯定腦袋碎裂、血肉模糊的倒在柏油路上。

將露出殘忍的冷笑，繼續飄浮在半空中。

『呵呵呵，躲得漂亮，多虧綾乃幫了你啊。』

他緩緩爬升到兩公尺的高度。

『這次你可逃不掉囉！』

我現在沒空遲疑，只有動手了，就算招式太遜也無所謂。只有丟出手中的沙子，鎖定攻擊目標！敵人此刻正自豪著自己的勝利，沒留意！

我拚死擠出『從容的微笑』，壯大聲勢說：『該逃走的人，應該是你吧？』

『什麼？』將的表情變得僵硬。

『剛剛對付麻耶，我用的是車子，對付你，就用隕石吧？看，天上掉下巨大的石頭囉，砸死你！』

『————！』將愣愣的抬頭望向天空。
我把手中的沙子拋向半空中將的臉。可是，我慢了一秒，將已經不在那裡，向左移動了三公尺。
就是現在！
『你想做什麼啊……』受到攻擊的將，因為我的反擊出乎意料的低能，完全呆住了。
綾乃和小龍也不明白發生什麼事了，愣愣的看著我。
我的臉上一片通紅，比起害怕，我更覺得好糗。
啊啊，真丟臉！我怎麼這麼沒用！可惡！
『摔下來吧你～～～！』我喊著，同時再次把手心裡僅剩的沙子丟向將。
我也知道是白費功夫。可是，就在這個時候……
轟！背後來的大風差點讓我摔倒。
什麼預告也沒有，一陣大風突如其來吹過我們所在的公園。
那陣風吹彎了樹木，捲起沙土，襲向半空中的將。
『唔哇！哇啊啊！』

沙子跑進將的眼睛，再加上強風侵襲，讓他失去平衡，將像斷了線的傀儡人偶般落下，直接撞上地面。

『快逃～～～！』話還沒說完，我已經拔腿跑了起來。

看到這個情況，綾乃與小龍也跟在我後頭逃跑。

這就是所謂『一溜煙落跑』吧？頭也不回、逕自的跑著跑著跑著。

對方可是能夠瞬間移動十公尺的超能力者啊！萬一跑慢了一步被抓到，那就沒戲可唱了。繼剛剛的車禍意外後，超級宇宙無敵的好運再度發生，但沒理由再發生第三次了吧！

跑過房子與房子間的小巷子，穿過野草叢生的空地，逃進茂密的雜樹林中，我們還是沒停下腳步，一直往深處前進。

來到雜樹林中，我絆到樹墩摔倒了，癱在地上。綾乃與小龍很快就追上我。

一開口，綾乃就高聲說：『太厲害了，翔！你竟然能讓將吃癟！』

『咦？吃癟？什麼意思？』我說。

這回換小龍搖晃我的肩膀說：『翔哥也是超能力者呢！原來条威哥說「翔是我們的夥伴」是這個意思啊！翔哥很強喔，能夠用念動力操縱風！』

『念動……？你們在說什麼？』

『念動力，就是使用意志力的超能力，也是翔哥的超能力的正式名稱。』

『不、不對啦，小龍，我說你們是不是誤會了……』

我話還沒說完，綾乃的雙手就繞上我的脖子，冷不防的抱住我。

『綾、綾乃……』

綾乃啜泣著。

『妳害怕嗎？』

『不是，我很高興。因為又遇到一位和自己同樣有超能力的夥伴了，好開心，才會哭出來……』

我的心裡一陣感動，沒想到真的實現了。雖然說只是一場誤會，但現在的我就像自己夢想中的英雄。救了公主以後，公主抱住我、在我懷中哭泣，這不是我經常幻想的情景嗎？

可是我說不出口。我沒辦法告訴他們其實我不是超能力者，剛剛嚇將的那些話只是裝出來的而已。把將擊落的，只是偶然吹過的暴風。

但現在似乎不是說這些話的時機。

或者應該說，我此刻的心情還不適合自首。等情況稍微穩定點之後，我再老實說清楚吧！眼前的我只想好好享受一下幻想中的公主與勇者的感覺。

但是，這股喜悅也只持續了一下子。

『翔哥！綾乃姊！他們又來了！』小龍叫著跳起身。

大批人影從雜樹林的四面八方現身，他們全體拿著槍，緩緩靠近我們。

『真的是，也不給人一點時間喘口氣！』我半自暴自棄的站起身，擺出姿勢準備迎戰。

迎戰姿勢擺是擺好了，但我這個假超能力者又能做什麼？總之，先配合其他兩人擺出姿勢就對了。

『這次好像沒有超能力者，只有「農夫」而已。』小龍說。

『為什麼這麼容易就找到我們了？』

『不是說過了嗎？他們用「搜索者」追蹤我們的腦波，所以不論我們逃到哪裡都會被找到。』綾乃說完，從口袋拿出之前由『農夫』身上奪來的小型麻醉槍。

『我們要怎麼做，才能逃得掉？』我問。

『這要問条威哥才知道。』小龍說。

『又要問条威？他的能力到底是什麼？快告訴我！』

『如果安然渡過這次危機，我就告訴你！』

就在我們說話的時候，躲在陰暗處的『農夫』一步步包圍了我們。

『怎麼辦，翔？對方超過十個人，怎麼說我們也只有三個，看來是場硬仗。』

實際上，能夠列入戰力的，只有除了我以外的兩個人，所以豈止是硬仗，根本是很絕望。

『綾乃用「靈魂出竅」如何？妳附身在他們其中一個人身上，然後像上次那樣……』我說。

綾乃搖搖頭說：『沒那麼簡單。有這麼多敵人在，如果我靈魂出竅，我的身體會被他們抓住的。』

『那麼，靠小龍的氣功……』

『沒辦法，雖然遠距離我也能攻擊，但現在距離實在是太遠了，必須等他們再靠近一點才行！』

『比起我們，翔，應該用你的「念動力」啊！讓行駛中的車子撞過來，或是颳起暴風，使出類似那些的攻擊，不就可以一口氣把那些傢伙擊退？』

『不是，我說，那個……』

啊啊，早知道應該老實說清楚的！

就算他們期待我的表現，但那些只不過是偶然發生的意外和自然現象，並不是我的力量啊！

『不好了！翔哥！快點！「農夫」舉槍了！』

『告訴我也沒用啊！』

『農夫』隱身在樹木後面，舉槍對著我們。

『全體射擊，預備！』某人下令。

啊啊，已經結束了！結束了！會被射中！

『開槍！』

好幾聲槍響同時響起，是和上次相同的悶響。

『哇啊！』我不自覺的趴倒在地。

啪嚓啪嚓啪嚓！衝擊聲在我們隱身的樹叢間響起。

樹皮紛紛落下。看來似乎射偏了。

『不會吧？個個都是射擊高手的「農夫」竟然……』綾乃說。

『翔哥果然厲害！』小龍說：『你用念動力讓他們射偏了，對吧？』

『咦？』

你想太多了啦！純粹只是『農夫』他們槍法太爛吧……

『第二發，預備！』又有人下令。

這次真的沒救了……我抱住頭、閉上眼睛。

就在這個時候——

『哇啊！』

耳朵裡聽見『農夫』的慘叫聲。

我連忙睜開眼睛，四周成了一片火海，火焰之壁將我們包圍住。

不曉得為什麼，火焰完全不燒向我們，相反的，卻像有生命的東西一樣，攻擊『農夫』他們，甚至有人衣服著火滾倒在地。

『這、這是什麼？到底發生什麼事了？』

『翔，是海人！』綾乃開心的大喊。

『咦？海人是剛剛那個……』

『沒錯！海人就在這附近！』

『他果然來幫我們了，海人哥！』

結果，火焰之壁的另一頭又傳來聲音。

『哇啊！住手！』

『射擊！不准放過他！』

同時還聽見好幾輛摩托車震天價響的排氣管聲音。

火焰之壁一瞬間分開一條縫，從縫裡飛進四輛摩托車。其中一輛車上有兩個人，坐在後座的就是海人。

『你們三個快坐上來！』

『海人！』綾乃喊道：『你果然來幫我們了！』

『有事等一下再說！總之，快點坐上我兄弟們的車！』

我們分別坐上跟著海人來的其他摩托車的後座。摩托車引擎喧囂作響，掀起了地上的沙土，飛奔而出。我拚命抓緊前座司機的腰。

在火焰、槍聲和排氣管聲的交錯中，我們奔出雜樹林，好不容易逃出那裡。

延燒雜樹林的火焰，在海人他們的摩托車離去後不久便熄滅。

雖然是雜樹林，但還不至於引發什麼森林大火。這全都是超強的火焰製造者『火人』海人的傑作，他擁有能夠自由操控火焰的能力。

根據『綠屋』主電腦所收集的全世界超能力者的情報顯示，經確認擁有這種力量的例子，不超過十二例。因此海人當然也是『類別壹』的一員，是無可取代的珍貴稀有超能力者。

生島主任為眼前逃走的大魚嘆息。

『你們這些沒用的傢伙！』

生島領導的『農夫』排成一列，聽著生島怒吼。

『抓不到高攻擊力的海人也就算了，另外兩個應該能夠手到擒來呀！第一發射擊時，不應該十個人全部射偏吧？』

『這也沒辦法呀，生島主任。』

聽到聲音，生島轉過頭，一名小個子少年手插在垮褲口袋裡，靠著樹幹微笑。

『對手是念動力超能者的話，那些槍就跟水槍差不多了。』

『猛丸……』生島不自覺擺出備戰的姿態。

猛丸原本是喜歡拔掉昆蟲腳的壞孩子，變成超能力者之後，就不得不小心他那任性妄為的『暴力』。

以『無形的手』抓起路過『農夫』的腳倒吊，無意義的打破走廊上所有電燈，猛丸在『綠屋』的聲名狼藉，總是讓生島皺眉頭。

十四歲、身高一百五十公分，嬌小的他來到『綠屋』前，在國中老是被欺負。取得超強念動力之後，他那為惡眾多的『無形暴力』，或許就是被欺負的反動。

『什麼意思，猛丸？他們幾個裡面不可能有念動力超能者啊？』

『你還不明白嗎，生島主任？剛剛在場的有小龍、綾乃、來幫忙的海人，不是還有一個人嗎？就是那個看來很普通的傢伙。那傢伙是什麼來歷，你知道嗎？』

『這麼說來，的確是有一個……』老實說，生島還沒反應過來。

『他就是念動力超能者，他還打敗了將與麻耶，似乎是個狠角色。呵呵呵。』

猛丸說完，愉快的笑著。

『……你是指「野生種」嗎？』

『應該是吧，我想除了「綠屋」之外，沒有其他機構能集結那種傢伙訓練。』

『怎麼會有這種事……也就是說，剛剛讓狙擊他們的麻醉槍射偏的人……』

『八成是那個傢伙動的手腳。』

『怎麼可能?!雖然比不上真子彈，可是麻醉槍發射的秒速也將近每秒一百公尺啊！一般念動力要集中注意力在速度那麼快的物體上已經很難了，更別提還有十個人同時開槍！如果真是那傢伙做的，水準根本沒得比……』

『水準沒得比？』猛丸說著，抬眼看向生島。

糟糕！生島連忙住嘴，卻已經來不及了。猛丸像惡作劇的小鬼般吐出舌頭，開始對生島集中注意力。

『別、別這樣，猛丸！我不是拿他和你做比較！住手……』話還沒說完，生島的身體已經倒立在半空中了。

『唔哇啊！住手！我知道你是最強的，猛丸！』

『你這樣說更傷人了。你想變成小鋼珠在樹叢間彈跳嗎，生島主任？』

生島的身體像溜溜球一樣，在半空中上下轉動。

『住手～～～！』

『笨蛋！你在幹嘛？住手，猛丸！』

瞬間移動而來的將的一句話，讓生島落下地面。

『唷，將，臉色幹嘛那麼難看？』猛丸詭異的按著肚子。

『我剛才的表現如何?今天的狀況特別好呢!要不要兩個人一起在空中飛一飛呀?對了，不如麻耶也和我們一起，三個人來個「橫濱天空漫步」如何?別擔心，你用你的「瞬間移動」飛，我會用我的「念動力」帶著麻耶。』

『說什麼蠢話!如果被人看到會引起騷動，那可不是教育訓導就能夠了事的，搞不好還會受到「化裝舞會」委員的處分耶!』麻耶非常驚訝的說。

『唔……咕……』生島壓著撞到的肩膀呻吟著。『農夫』們連忙趕上前去。

『你沒事吧?生島主任!』

『啊啊，沒事。』生島忍著痛站起身。

幸好是摔落在柔軟的泥土地上，要不然早就骨折了。他因內心恐懼而顫抖著，卻必須擺出威嚴的姿態面對超能者，才能夠抑制他們的暴動。

『你剛剛的行為我會向上級報告，猛丸，你最好有心理準備暫時會被停藥。』

『什麼?』

猛丸臉上看不起人的高傲笑容消失了。當然啊，他差不多已經到了一天沒使用能力開發藥就無法生活的依賴狀態了。

其實，給他的藥並非會上癮，所以也稱不上藥物中毒。

但因為他深信中止服藥，超能力就會消失——這是生島灌輸給他的觀念，為了壓制性格上有缺陷的猛丸，防止他暴動，這有助於長期控制他。

猛丸原本就膽小，再加上從小經歷過地獄般的欺負，因此對他來說，吃藥得到的念動力，是他唯一的依靠。但他所依賴的不是藥物，而是自身的超能力。

『等一下，生島主任！我是開玩笑的，剛剛只是要讓你看看我的能力而已！』猛丸連忙走近。

生島反駁：『不想受罰的話，就別搞錯使用超能力的對象。如果真如你所說，有新的「野生種」和綾乃他們一起行動，就把他也抓來。更重要的一點——』

生島自胸前口袋拿出膠囊，拋向三人說：『怎樣都不能讓条威逃掉！』

5. 近乎神的少年

我們各自搭乘海人夥伴的摩托車直接回到我家附近。

四輛改造過的摩托車停在我念的國中校門前，出來接我們的燈山姊一臉驚訝，還是幫我們開了門。

幸好現在是連續休假期間，社團活動也休息，不然如果有學生、老師在場，鐵定會以為是暴走族來搗亂而騷動不已。

但這些金髮、滿是耳環、模樣可怕的少年，卻是我們的救命恩人。

他們放我們下摩托車之後，一個接著一個為剛剛的粗魯行為道歉。

『剛剛真的抱歉啦，如果早知道你們是海人的朋友，我們就不會亂來了。』

『說來我們也不是想對你們動手，真的唷。只是因為那附近很難得有普通人在走動，我才想出聲叫叫看啦。』

他們一邊說著，一邊大力拍打我的背，似乎不像第一印象看起來那麼壞。

『是這樣嗎？』

海人一說，他們立刻苦笑。

『哇哈哈哈，真的啦，海人。』

『是啊是啊，所以我們才會讓他們上摩托車，表示我們的友善嘛！』

『就饒了我們吧，行嗎？再說，剛剛被狠狠教訓一頓的是我們耶！』

他們有沒有駕照這點雖值得懷疑，不過可以確定的是，騎著摩托車的他們都比海人大。

但是對他們來說，海人卻是絕對的領導人，也是他們精神的依靠。

道別時，每個人都吸著鼻子，眼中含著淚。

是的，海人選擇了和綾乃他們共同戰鬥，不再回到他們身邊。

『該去看看条威那傢伙了吧？』說著，海人先一步穿過校門。

他不回頭的背影看來有些寂寞，卻也顯示了他的決心。他決定與『農夫』們戰鬥，四人一起贏得自由。

『喂，巨乳大姊，条威那傢伙在哪？』

海人對燈山姊粗言粗語的下一秒，讓他的額頭上迸裂一發超強彈額頭攻擊。

『唔哇！妳、妳幹嘛?!』

『說話給我小心點，臭小鬼！我的名字是「燈山晶」，要叫我「燈山姊」！』

燈山姊的魄力，連高大的海人都屈服。

『對、對不起……』海人按著額頭鞠躬說。

我忍不住快笑出來，海人瞪向我，『喂，小子，不准笑，笑出來我就揍你！』

迅雷不及掩耳，他又挨了一記彈額頭。

『痛死了！這次又怎樣啦！』

『他不是小鬼，是翔！真是的，現在的小孩子怎麼都不懂禮貌？往後要成為夥伴，至少要記住人家的名字啦！』

『我、我知道，翔是吧？喂，翔！』

海人伸出右手走向我。

『請多指教，念動力超能者，我剛剛稍微聽綾乃說了，聽說你把麻耶和將打得七零八落？』

『呃，那、那個七零八落……那個是，其實是……』

我握住海人的右手，不知道該說什麼好。

事情好像愈搞愈大了。

怎麼辦？好像愈來愈抽不了身了？

『啊——？翔有超能力？你說真的假的？』燈山姊問。

對了，請燈山姊幫我說吧！

總覺得不把誤會解釋清楚的話，事情似乎會愈來愈麻煩……

『關於那件事，燈山姊，其實我……』

『是真的！燈山姊！』綾乃探出身子插嘴。

『翔剛剛的表現很活躍呢！他一開始先用車子撞傳心術超能者麻耶，將她擊退；接著當著我們的面前引發狂風，狠狠教訓了瞬間移動超能者將；最後在我們被「農夫」包圍、生命垂危之際，他又讓那些傢伙射出的麻醉槍子彈全部飛到其他地方去，救了我們呢！』綾乃滔滔不絕的說著。我最後只有苦笑。

燈山姊臉上半信半疑，但也沒有反駁，只是悄悄戳了戳我的腦袋，小聲在我耳邊說：『翔，不管你做了什麼，這樣不是很好嗎？你一直想保護公主的嘛。』

『妳、妳在說什麼啊，燈山姊！』

『哈哈哈。跟我來吧，小鬼們，晚餐好囉！』

燈山姊高聲笑著，先行一步往校舍走去。

大家走進學校中成了燈山姊房間的『校務員室』，一陣美食的味道撲鼻而來，瓦斯爐上正用文火煮著火鍋。

条威還是沒醒來，躺在睡鋪上。

燈山姊似乎將坐墊排一排當成床睡在上面，四個坐墊保持睡床的模樣，很有燈山姊懶散的風格。

海人走近条威身邊，輕聲咂舌說：『我們全都沒事，你別擔心。話說回來，你是第一個跳下溪谷的，卻變成現在這副模樣，我們該怎麼辦？混帳！』

海人的話雖然說得粗魯，其實他也很擔心条威，一直纏著燈山姊問条威的營養狀況如何、有沒有讓条威喝些東西。

我們分頭拿出餐具，燈山姊將瓦斯爐上的大鍋子搬到矮飯桌上去。

『來吃吧，既然是火鍋，大家別客氣，想吃什麼就夾什麼。』

燈山姊還在發免洗筷，海人已經打算搶先一步夾肉，結果，又吃了燈山姊一記彈額頭。

我和小龍發現彼此都在避開洋蔥，忍不住笑了出來，看來，我們是討厭洋蔥二

人組。

原來綾乃的食量很大。

她的筷子一對肉出手，一定會遇上海人的筷子，只好猜拳決勝負，但贏的總是綾乃，海人只能摸摸鼻子選豆腐吃。

真是開心的一頓晚餐啊！

和家人一起吃火鍋時也很開心，不過像這樣和夥伴一起吃，火鍋就更美味了。

夥伴是嗎？原來這樣子的關係稱為『夥伴』啊！

或許我根本不懂什麼叫作『夥伴』。

在學校，短暫的午休時間一起玩、一起聊天說話的朋友我有，可是像『夥伴』這種同仇敵愾的關係，我還是第一次感覺到。

原本這時候我應該一個人在吃自己做的難吃晚餐，但現在卻像這樣，和夥伴一起圍在火鍋旁，自己想來都覺得不可思議。

從綾乃出現在我房間開始，到現在只不過一天。

當我想著這些事而停下筷子時，綾乃說：『我吃飽了！』站起身，拿著自己的碗筷去清洗。

教育的デコピン!!!

『呼——好飽好飽。喂，綾乃，我的也交給妳了！』海人把自己的碗筷擺在流理台上。

『你臉皮真厚耶！自己洗啦！』

『哎呀，有什麼關係。我剛剛救了妳耶。』

『啊，你是想討人情嗎？』

『哈哈哈，妳真的很好強耶。』

『不過，真的多虧你幫了我們，海人哥。』小龍拿著我和燈山姊的餐具到流理台去幫綾乃洗碗。

『是呀，那就先向你道謝吧。』

綾乃說完，轉過頭來，仰頭微笑。

『……可是，你為什麼又願意回來了，海人？』

『什麼為什麼？』

海人回到矮飯桌前，正要伸手拿燈山姊的香菸時，又挨了一記彈額頭。

『為什麼從「無國籍街」的兄弟那裡回到我們身邊？』綾乃以不輸水龍頭水聲的音量喊著。

『那當然是因為這邊有綾乃嘛～！』海人滑稽的說。

綾乃一臉嚴肅的開口：『我是認真問你的，如果你是勉強選擇我們，將來會後悔喔！』

『笨——蛋，一點也沒有勉強啦。』

海人躺倒在榻榻米上，企圖掩飾他的不好意思。

『我是真的覺得放不下你們。』

『你不是也沒辦法放下你的兄弟不管？』

『話是沒錯……』

『既然這樣……』

『就算我不在，那些傢伙也可以活下去。可是你們如果沒有我，就會像剛剛那樣，沒多久就會被抓住、被帶回「綠屋」，搞不好還會被殺掉，所以我不能放著你們不管……』

『海人……』

『總之就是這樣，所以，繼續指教啦！』

『……謝謝你。』

『一開始乾脆道謝不就好了嗎？笨蛋！』
『綾乃姊，這個已經洗得很乾淨了喔！』
小龍舉起綾乃一直拿在水龍頭下沖洗的餐具說。
『而且，我們還多了翔哥這個得力夥伴，剩下的，只等条威哥醒來了。』
『是啊……』海人說。
姑且不論我是不是『得力夥伴』，看來大家都相信只要条威醒過來，一切的情況就會好轉。
對了，小龍不是說只要平安逃過『農夫』的攻擊，就會告訴我条威的能力嗎？為了把話題轉向条威，我開口問燈山姊：『条威的情況怎樣了？』
燈山姊看了看条威，說：『我也不知道。別看我這樣子，我多少還精通一點西洋醫學和東洋醫學。但他的脈搏一分鐘才二十下，只有一般健康人的三分之一，體溫也只有34.5度，我還是第一次看到這種不可思議的狀態。』
『34.5度？不會太低了嗎？』
『是啊，太低了，如果繼續下降就糟了，但是他現在狀況穩定，看起來好像正在冬眠。』

『冬眠？一定是進入「超能者睡眠模式」了！』綾乃插嘴說。

『那是什麼？』我問。

『生島主任說過，很厲害的超能力者，有時為了恢復能力，會進入類似冬眠的狀態，就叫作「超能者睡眠模式」。如果条威一直沒醒是因為進入睡眠模式的關係，那就用不著擔心了。』綾乃說著，露出放心的表情。

『生島？誰啊？』

『他是「綠屋」農夫的首領之一，對我們很感興趣，特別是条威的能力。』

話題正好來到条威的能力了！

我馬上問：『条威的能力到底是什麼，差不多可以告訴我了吧？』

『可以是可以，但是，你別嚇到了喔，翔。』

『我早就被你們每個人的能力給嚇累了啦！』

『嗯，可是，条威的能力程度是不一樣的，因為条威他是……』

『預知能力者。』海人插嘴說：『条威能夠讀取別人的心思，不用眼睛就能看見東西，類似「讀心術」。但是他不只有這項能力，他的能力中最特別的還是預知未來的力量。』

『預、預知能力啊……』

果然沒錯——這是我最實在的感想。我原以為會是更厲害、更想像不到的超能力，沒想到卻是這麼普通的答案。『預知能力』還在我的理解範圍內，在科幻世界中也很一般……

『你是說「預知能力」～～?!』

燈山姊在思考中的我身旁大叫了起來。

『你們說的是真的嗎？喂！』她揪住海人的前襟。

身高將近一百八十公分的海人嚇得往後退，說：『啊，是啊，是真的。』

燈山姊就是有這種不像女性的魄力。她以前到底是做什麼工作的？我想一定不是學校工友。

『我們就是因為条威哥的「預知能力」，才得以逃出「綠屋」的！』小龍說。

『命中率呢？那個小子、条威的預知命中率有多高，小龍？』燈山姊完全處於亢奮狀態。到底怎麼回事？

『當然是百分之百囉！沒有百分之百的命中率，就稱不上「預知能力」吧？』

『百分之百……嗎？』燈山姊這麼說完，便叼著菸陷入沉思。

我開口問：『怎麼回事，燈山姊？有這麼驚訝嗎？』

這時的我真的這麼認為。要說驚訝的話，綾乃的『靈魂出竅』還比較駭人呢！

『翔，你真的不懂嗎？』

『咦？什麼東西？』

『你真的不知道百分之百命中的預知能力有多恐怖，所以才會這麼冷靜吧？』

聽到她這麼說，我愣了愣。

『你還不懂嗎，翔？預先知道未來有多恐怖，你不懂嗎？譬如說，条威告訴你，你明天就要死了，你還能夠保持平靜嗎？明天還好，馬上就能得到結論，但如果他告訴你一年後的某天你會死掉，接下來這一年，你會像生活在地獄之中吧？』

我試著想像，突然感覺背後一陣寒冷。就連時鐘指針的聲音，都會聽起來像一步步踏上死刑台階梯的腳步聲吧？

還剩一小時就要死了，還有十分鐘、五分鐘、一分鐘……在那瞬間究竟會發生什麼事呢？恐怖顫抖的同時卻又無法違背命運先自殺，只能迎接絕望時刻的到來。

每個人都想知道未來。但我認為大家之所以想知道，一定是因為大家覺得未來沒那麼糟。

事實上，真正光輝燦爛的未來只是少數，更多上數百倍的，只是平凡的未來，而令人毛骨悚然的毀滅，也必然會降臨到某些人的身上。

聽了燈山姊的話後，我的臉色鐵青。

綾乃看著我說：『沒事的，翔。我第一次見到条威的時候也有同樣的想法，但其實不是那樣喔。条威也沒辦法知道那麼久以後的事。單純的未來是知道，不過也要到事情快發生前，他才能知道大大改變個人命運的未來是什麼。』

『什麼是改變命運的未來？』

『嗯，這樣說吧，假設有一疊撲克牌，你洗好牌後，按順序抽牌，然後我們打開条威事先寫在紙上、擺入信封裡的「預言」一看，會發現和你選的牌跟順序完全吻合。』

『真、真的嗎？不是魔術？』

『魔術也有些異曲同工之處，不過条威的能力不是魔術，是真正的預言，這方面他能夠百分之百命中。』

『好、好厲害呀……有這種能力的話，他不就什麼都能知道了嗎？』

『也不是，按条威的說法，他自己很明白，即使知道未來也沒什麼意義。』

『即使知道也沒意義？』

『是啊，因為不論你抽的撲克牌是什麼，都不會改變你的命運嘛。』

『這麼說來……的確沒錯。』

『對吧？条威說，他能夠看透這些未來，但是像「你搭上這架飛機就會死掉」這類的未來他絕對看不到。遇上這種情況，他只能同時看到飛機墜毀的景象，以及應該要搭飛機的人卻因故沒搭上等等。』

『說起來，沒有人會去搭乘明知會墜落的飛機吧。啊，可是不也有一種情況，譬如說聽到預言的人，事先通知原本會搭上飛機而死掉的人……』

『在這種情況下，条威似乎就看不到接下來的事了。好像站在上鎖的門前面，怎麼樣也進不去。』

意思也就是說，以他們從『綠屋』逃出來的例子來看，条威是因為看到了自己跳入溪谷後得救的畫面，才要大家跟著跳。

這麼一想，我終於能夠理解条威的能力了。

簡單的說，条威只擁有預知未來的能力，而沒有改變未來的能力。他所看到的未來，是早已因他的預言而改變的未來。

不過，我也明白了自己這兩天所遇到的其他超能力者，與条威的能力在『分量』上根本的不同。如果人類明天會因某個無法更動的原因而滅亡，条威將能夠預言那個絕望的未來。

『原來如此，也就是盡量避免「逆轉時間」吧？換個角度來看，条威的預知能力反而值得信賴呢。』燈山姊說完，端詳著条威的睡臉。

『什麼是「逆轉時間」？』海人問我。看來他八成對科幻小說沒興趣。

『如果某人回到過去殺死自己的祖先，自己就不會出生，所以就不能做這件事。而「逆轉時間」指的就是使用時光機器，自己仍舊會出生的矛盾狀態。』

『可是，預言或預知，跟搭時光機器回到過去有什麼關係？』

『意思相同呀。藉著預知能力知道自己將來會被某人殺害，所以先把對方殺死，結果會怎樣？自己就不會被對方殺害，所以預言也就不會實現了，對吧？』

『原來如此，有點難懂耶……』海人說完，偏著頭。

条威的預言百分之百會實現，意思就是說，他預測不到『逆轉時間』情況下的未來……

但，有沒有可能他其實知道呢？知道，卻不說出口。我心裡突然湧上這個疑問。如果他什麼都知道只是沒說，那条威根本就是神了。

好的、不好的未來，他一清二楚，卻只是旁觀。

就像耶穌基督，明明知道最後晚餐的十二名使徒中有背叛者，但為了死後復活，他被釘上十字架，接受死亡的命運。

基督？……對了，基督是知道的吧？

他知道原子彈會落在廣島。然後，以此悲劇為開端，讓足以使世界毀滅數次的核子彈充斥世界。或者，他知道更久之後人類將會滅亡？

這時候，『審判之日』一詞浮上我的腦海。以前讀幼稚園的時候，園長經常朗誦的《聖經》裡有個這詞彙。

應該……不會吧？

我否定了。但是，条威天真無邪的睡臉，讓我感到無盡的寒意。

狠狠大吃大喝、大鬧了一頓後，回過神來才發現大家全擠在狹窄的校務員室裡睡著了，我也在不知不覺中迷迷糊糊的睡著。猛然睜開眼睛，眼前是海人的大腳。

『啊啊，真是……』我推開他的腳起身。

誰把電燈關掉了啊？房間裡一片黑暗。

我起來想去洗手間，小心翼翼的走著，避免踩到人。

綾乃睡在出口附近，走廊上緊急出口燈的燈光透過門上小窗照到她的臉上，正好可以看見她孩子般的睡臉；小龍也是。這些超能力者平常看來很大人，睡臉卻很小孩子氣。

雖然我想再多看一下綾乃的睡臉，又擔心她突然醒來，會當我是變態，所以還是算了。我盡量不發出聲音，輕輕鑽出房間。

走廊上沒開燈，只能仰賴緊急出口燈，和從面對校舍後院窗戶射入的月光。

沒有老師、學生的校園，格外寬廣。

因為太靜的關係，自己的腳步聲迴盪四周，連呼吸的聲音都聽得見。長長延伸的走廊有點像醫院，感覺不太舒服。

洗手間位在校務員室外的走廊另一頭。我盡速上完廁所，快步在走廊上前進。

『呵呵……』突然，黑暗的走廊盡頭好像有人忍住笑。

我停下腳步，仔細看了看，沒有人。不可能有人吧，現在已經半夜快一點了，除了我之外，不可能有人在這種時間來學校。

『呵呵呵……』

可是，我才踏出腳步，就聽到更清晰的笑聲。

沒錯，一定有人，就在走廊底端的洗手台處。那裡沒有緊急出口燈，黑漆漆的看不清楚，不過確實有個人影般的黑影蹲在那。

『誰在那邊？』我停下腳步出聲喊著。

結果，洗手台那邊的日光燈便忽明忽滅的亮了起來。

蹲伏的人影沐浴在無機質的白光底下。

是個少年，瘦小的少年。

我全身的寒毛豎了起來。

他絕對不是這裡的學生！是超能力者。

想到這裡，當我正準備轉過身的那瞬間……

鏘——！

一陣刺耳的聲音直達耳朵深處，走廊上的玻璃全都碎裂了。

『唔哇啊～～～！』

掉下的玻璃碎片落在我身上，我不自覺的趴倒在走廊上。

沒錯，他是敵人！是追捕綾乃他們的傢伙派來的第三名刺客。

『綾乃！小龍！海人！燈山姊！快起來！快起來啊！』

我在滿是玻璃碎片的走廊上匍匐前進，同時大喊。

『超能力者！敵人來了！』

說完，我轉過身，原本距離我有數公尺遠的他，用難以置信的速度朝我逼近。他不是用跑的，而是浮在半空中，以蹲伏的姿態在走廊上飛行的。

『唔哇啊～～～～！』我拚死快跑，踏到玻璃，發出破裂聲。

這時候如果摔倒的話，鐵定會被玻璃碎片弄得渾身是血。可是，現在沒閒工夫顧這些了！我得通知大家才行！我得叫醒大家才行！

『等一下唷，「野生種」。』

我拚命動著不聽使喚的腳。

對方追過我，擋在我面前，手插在口袋，臉上盡是猖狂的冷笑。

『你什麼名字？』

聽他這麼問，我不自覺的回答：『翔……』

『嗯——怎麼寫？』

『飛、飛翔的「翔」……』

糟了，這傢伙真的很危險，感覺和前面兩個不同，一定是個更不合常理的異常傢伙。

『翔呀。我叫猛丸，猛獸的「猛」，彈丸的「丸」。猛丸，很棒的名字吧？聽起來很厲害，我很喜歡呢！不過，以前的我可是超討厭這個名字的。』

『為、為什麼討厭？』

綾乃他們應該發現了，至少燈山姊一定已經醒過來了，因為再怎麼說，她好歹是這間學校的警衛啊！

什麼都好，我得想辦法拖延些時間。

『名字很帥啊，為什麼不喜歡？』

猛丸聽到我的問題後，喪失了笑容，說：『因為我被欺負。』

『咦？』

『名字聽起來明明很強，卻因為個子小、弱得不得了，每天都被狠狠的惡整，從小學時候開始，我就一直被欺負。』

『是、是嗎？……真慘……』說完我就後悔了。這句話鐵定會惹惱他，這個名叫猛丸的傢伙就是那種人。

『真慘？』猛丸皺起眉看著我。看來果然生氣了。

『是啊，你說得沒錯，真的很慘喔。只要我帶著什麼值錢的東西，一定會被搶走。鞋子擺在鞋櫃裡，一定會被丟掉，所以我每次都得把鞋子帶進教室才行。』

多麼悲慘的遭遇啊！在我們學校應該也有一、兩個這種傢伙吧。

『最慘的是，參加海洋學校（註❸）等移動教室活動的時候。每天早上一定是在廁所裡醒來，每餐飯一定會被放進怪東西。』

『怪、怪東西？』

『就是蟑螂之類的，啊哈哈。』

這不是笑的時候吧？過分到這種程度，我還是第一次聽到。

『每天被打、被踹，我早就習慣了。可是弄些骯髒東西，還讓我當眾難看，到最後我真的痛苦極了，真的很痛苦唷……』

猛丸八成想起了當時的事情，眼中溢著淚。

原本我還有些同情他的，沒想到聽了待會兒的話之後，我反而同情起那些欺負人的傢伙來了。

『可是有一天，當猛丸一如往常，在車站月台上被壞學生集團的帶頭少年A君勒索零用錢時……啊，對了，我讀的國中是從國小開始、一貫的私立學校，所以要搭電車通學……哎呀，抱歉，講到其他地方去了，呵呵呵。』

笑容又回到猛丸的臉上，那是比剛剛還要殘忍的微笑。

大家都還沒醒來嗎？快點起來啊！我搞不好真的會被這個失常的傢伙殺掉啦！

『就在這個時候，A君不曉得為什麼，突然從月台上掉到軌道上去，受了重傷，差點死掉。根據其他旁觀學生的證詞，是猛丸推他下月台的，因此，猛丸被送進了少年觀護所。事實上，猛丸連A君的一根手指都沒碰到，那A君為什麼會在沒風的時候被捲上半空中、彈落到軌道上呢？』

我拚命祈求著：拜託快點來啊！綾乃！小龍！海人！燈山姊！

『猛丸在少年觀護所時被「農夫」注意到，接著被送到「綠屋」生活，然後使用在「綠屋」得到的不可思議力量，合法報復了那些欺負人的傢伙。我說完了。呵呵呵，聽了我的故事，覺得如何？』

『什、什麼叫「合法報復」……？』

『你應該也知道啊，這個世界還不承認超能力的存在，所以怎樣做都不違法。

我便趁著訓練空檔，拜託「農夫」們讓我做「實戰練習」，拿那些傢伙當對象囉！』說完，猛丸更加愉快的笑了起來。

這傢伙無庸置疑的不正常。

『那、那些欺負你的傢伙，後來怎麼了？』我真的很想知道。

『後來怎麼了呢？呵呵呵。』

我的腦海裡出現一大堆悲慘的畫面。

猛丸可是『念動力超能者』啊！他是真的會使用念動力——也就是大家誤會我有的那個能力——的超能力者啊！

他要用他那『看不見的手』對一、兩個人做什麼都行。從遠處鎖定好目標，讓對方飛到疾駛中的汽車前方，或者讓對方摔下軌道上，全都輕而易舉。還有其他很多情況，例如把對方拉到半空中又落下、在脖子上捲上繩子勒斃等等，都可以不碰到一根手指就辦到。

我一想到也許這就是我下一秒鐘的命運，不禁開始想哭著道歉。雖然說，他可能想不到我會道歉求他放過我。

『回到正題。我們開始吧，翔？比比看你和我的能力誰強，呵呵呵……』

我突然感到一陣暈眩，但我立刻明白那不是頭暈，而是雙腳承受的體重突然消失了，下一秒，我的身體已經飄浮在半空中。

身體彷彿在水中漂浮，沒有被吊起的感覺，我飛在半空中了。

『唔哇！住、住手啊！』

猛丸看到焦急的我，詭異的笑了起來，說：『啊哈、啊哈哈哈！你那樣子是怎麼回事啊？將和麻耶就是被你這種「念動力超能者」給打敗的嗎？』

就說不是了嘛！我真的只是個平凡的國三生，根本沒有什麼超能力，只是和綾乃他們順其自然的成為夥伴而已。就算在莫名其妙的情況下，不小心贏了將和麻耶，那也是一輩子只有一次、兩次，若有似無的狗屎運而已啊！——我真想這麼大喊，卻還是拚命忍了下來。

因為，我想到猛丸知道事實後，就不會再對我感興趣，他會把我砸向牆壁，就像對待不需要的玩具一樣。既然對方是個心理不正常的超能力者，這種情況的確很可能發生。

於是我故技重施，拚命裝腔作勢，好多爭取一點時間。

現在，只有祈求綾乃他們快點過來了！

『你的能力不會只有這樣吧，猛丸？否則，我也要拿出真本事對付你囉？』

可是，我的虛張聲勢卻造成了反效果。

『喔——那可就有趣了！快點讓我看看你的真本事啊，快啊，快啊，快啊！』

猛丸的回應聲響徹走廊，同時，我的身體像溜溜球一樣不斷上上下下。

救人啊！我很想大叫，卻發不出聲音。

不行了，這下子一定會被殺，他會把我拋向牆壁，讓我變成爛番茄！

我想到這裡時……

轟——！

原本沒有任何可燃物的學校走廊上，刮起了直達天花板的巨大火焰，像窗簾般遮擋在我和猛丸中間。

猛丸以反射動作躲開，繼續用自己的念力停在半空中；相反的，我則從半空中跌下來，摔在走廊上。

『唷，猛丸，多謝你照顧我兄弟啊！』背後響起帶刺的聲音。

海人雙手插在黑色牛仔褲的口袋，站在那裡。

『海人！』

我開心得連眼淚都快掉出來了。這下子得救了！

可是，和我的想法背道而馳，海人僵硬的臉上是緊張的表情。看來，能夠在走廊上弄出火海的海人遇上猛丸，也有捨命的覺悟。

『抱歉，翔，來晚了。不過，規規矩矩正面對決的話，這個叫猛丸的傢伙可是很棘手啊。』海人說著，用下巴指指猛丸，火焰就像魔術秀般消失了。

『我知道，海人，你小心點。』我摸著撞到地面的臀部，站起身，手碰到散落在走廊上的碎玻璃，正流著血。

『不過我說你啊，你也是個超能力者吧，拿打敗麻耶和將的力量對付他不就好了嗎？』

我沒辦法乾脆的認同，真是個窩囊廢。

『哼。其他三個呢，火人兄？』猛丸問道。

即使面對海人，他仍是不改悠哉的笑容。

『找我的話，我在這裡。』

綾乃從走廊的另一頭現身，手裡拿著麻醉槍，看來她是打算在走廊上夾擊猛丸，才特別爬上三樓，繞到另一側。

『別動，猛丸，你敢動一下我就開槍。』

猛丸憎惡的皺起鼻子說：『妳以為用那種東西打得到我嗎，綾乃？念動力超能者輕輕鬆鬆就能讓麻醉槍射偏唷！』

『是這樣嗎？我們兩個離你這麼遠，你這個「栽培種」能夠同時對我們兩人施展「念動力」嗎？』

猛丸噤聲。

『只要海人或翔一出手，我就可以趁隙用麻醉槍狙擊你了。』

『說得沒錯，只要你對綾乃集中注意力，我就乘機讓你變成火球。』

原來是這麼一回事啊！怪不得他們要分兩邊出現。

猛丸擺出陣式，逐步靠近背後玻璃破碎的窗子，看來綾乃的夾擊困住他了。

『嘿，怎麼了，猛丸？我們分成兩邊，你就沒辦法集中精神了嗎？「栽培種」的能力雖強，卻不懂得活用，似乎是真的囉！』

猛丸他們這類『栽培種』——也就是靠藥物與機械覺醒的超能力者，能夠將強烈的能量在集中一處，但如果目標像現在這樣分散兩處，似乎就沒辦法同時對兩邊集中精神了。

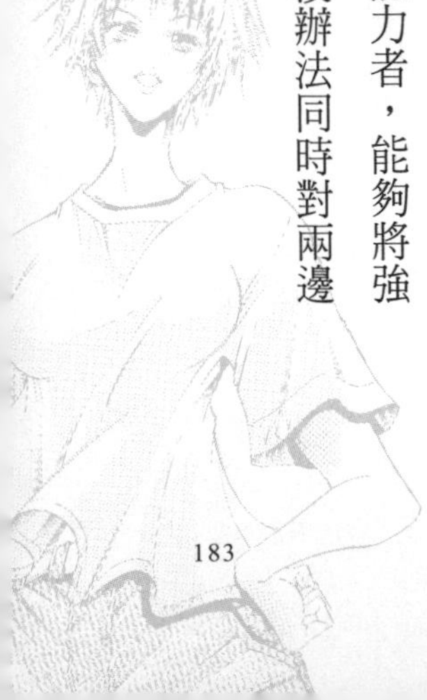

『對於一出生就是超能力者的我和海人來說，超能力就像手腳一樣。對你來說則不是吧，猛丸？』

『你們這種靠藥物覺醒的傢伙，就像嬰兒突然拿到槍一樣，就算會扣扳機，要純熟掌握，還早十年啦！快點夾著尾巴逃跑吧！你離開，我就放過你。』

『哼，你們以為有三個人就能贏，不把我放在眼裡的話，可就大錯特錯囉！』

猛丸說完，就從破窗跳了出去。

『嘿，現在是在撂狠話嗎？』

海人準備追上猛丸，飛身跳出窗戶時，突然有人從黑暗中冒出來，對著海人的臉連續揮拳攻擊。

『咕！』海人悶哼一聲，被打到走廊上。

從窗外出其不意攻擊海人的傢伙，瞬間又消失在黑暗中，這次他現身在走廊上，低頭看向按著臉倒在走廊的海人，嘲笑著說：『呵呵呵，剛剛不是一副很了不起的樣子嗎，海人？』

是瞬間移動超能者——將。

『你這個混蛋！』海人憤怒的火焰在瞬間把將包圍。

『嘖！』

將以瞬間移動躲開了。不過逃到數公尺之遠的他，夾克的袖口正冒著煙。

將拂去冒煙的火焰說：『你還行嘛……』

『讓你變成火球，將～～～！』海人發飆了，再度升起火焰。

可是，這次將用快速的瞬間移動漂亮的躲開了。

『別以為那麼簡單就能抓到我，海人！』

將正紅色的夾克，在只有緊急出口燈的昏暗走廊上一下出現，一下消失，好像閃光燈。

海人閃耀著火焰，追逐將。

惡夢般的超能力者對戰在我眼前展開。

而我能做的，只有看著一切的事情發展。

『海人，退開！我用「靈魂出竅」抓住他！』

綾乃閉上眼睛開始集中精神。

可是就在下一秒——

『呀啊啊！』綾乃摀上耳朵，痛苦得昏過去。

——啊哈哈哈，這樣子還不錯唷，綾乃！——

這回聽到了女孩子的聲音，但並不是耳朵聽到的，而是直接傳進我的腦袋裡。

——前陣子受你照顧啦，翔。我現在啊，正把綾乃最討厭的重金屬搖滾樂用最大的音量送進她腦子裡呢，呵呵呵。——

看來連『傳心術』超能者麻耶也在附近。

——那麼，再來就是你了。翔，讓你見識一下會嚇得跳起來的影像吧！——

麻耶話還沒說完，走廊上已經充滿腐爛得七零八落的殭屍了。

『唔哇啊啊啊～～～～～～～！』

我害怕得全身毛孔張開。

襲來的殭屍要咬碎撕裂我的身體了。

死的恐懼拉扯著我的胸口。明知道那不是真的，但逃離恐懼的本能卻難以自意識抽離。我快暈倒了。

——不行，翔，不能輸。——

我的腦袋深處聽到另一個聲音，不是麻耶。

——是我，綾乃。閉上眼睛，我來操縱你的身體。——

靈魂出竅，綾乃在我身體裡。

我聽她的話，閉上了眼睛。我不再感覺到對殭屍的害怕，同時也感覺不到自己的身體。

僅僅數秒間，視力、聽力和手腳感覺全都遠離了我，當我再度感覺到它們的時候，身體已經奔出校舍、蹲坐在校舍的後院了。

我睜開眼睛，看到綾乃半透明的身體正要從我身上脫出。

『綾乃……殭屍呢？』

——放心，他們不會過來了。麻耶是『栽培種』，還沒辦法把她的『傳心術』施展到這麼遠的地方來。——

『可、可是……』

——麻耶就交給我，我用靈魂出竅的狀態去找她，附身在她身上，給她點顏色瞧瞧。——

綾乃在我腦袋中說完，便脫出我的身體，躍上黑暗的夜空。

『唔哇啊啊啊~~~~~！』

回過神後，我大叫著跑了起來。

得快點逃走！和那些傢伙戰鬥，我辦不到！

別開玩笑了！

身陷這種好像惡夢一樣的情況，像我這樣平凡的國中生能做什麼呢？

我只能頭也不回的向前跑。

穿出校舍後院，來到正在進行拆除工程的木造舊體育館，跨過寫有『崩塌危險，禁止進入』幾個大字的柵欄，我盡全力打開鎖壞掉的大門，進到體育館裡。

就在這裡躲到超能力者大戰結束吧。只有這樣了。

我把廢棄的跳箱推到門前擋住入口。

放鬆肩膀，彎下快站不穩的膝蓋，我跪在地上。就在這個時候，一個似乎等了很久的聲音，從我背後傳來。

『不錯唷，這裡這麼安靜，正好適合一對一決勝負。』

我愣了一下，轉過頭去。

昏暗體育館翹起的木頭地板上，猛丸正抱膝坐在那裡。

『是將用「瞬移術」把我送過來追上你的。有那種夥伴還真方便啊！』

猛丸搖搖晃晃的站起身。

『幸虧這樣，才沒讓我美味的獵物逃掉。』他說完，開心的笑了起來。

糟了，看來這次真的會被殺掉。

綾乃和海人要對付將和麻耶，沒有餘力……

對了，小龍呢？燈山姊到哪裡去了？

當我還在想他們兩人去了哪裡、在做什麼的時候，我的身體突然像被透明人舉起一樣，丟向體育館的籃球框。

燈山晶和小龍這時已經逃出校舍，將条威搬到校園角落的倉庫。他們打算趁著海人等人戰鬥時，先把還沒恢復意識的条威送到不會被找到的地方避難，再回去加入戰局。

『好了，回去吧，小龍。』燈山放下背上的条威，讓他躺在體操用的墊子上。

『嗯，我們得快點，雖然綾乃和海人沒那麼容易被那些藥罐子的超能力者給打敗，不過我們必須快點回去幫他們一起離開這裡才行。既然我們的行蹤已經被發現了，待會兒恐怕會有大批「農夫」趕過來。』小龍說著，打開了倉庫大門。

就在這個時候——

啪咻！一聲悶響爆開。

遭到猛力衝擊的小龍向後彈飛出去，便沒有了聲音，失去意識。

『小龍！』

燈山正要趕上前去的時候，注意到倉庫外面的黑暗中有許多拿著槍的人影，於是快速藏身在陰影處。

『他媽的！慘了！』燈山咒罵著自己的粗心大意。

那些傢伙一開始就跟著襲擊翔的超能力者過來，準備趁綾乃、海人和我們分開的時候狙擊。

現在才發現他們的詭計。

『看來我的敏銳度變差了。』

基礎訓練目前仍未間斷，燈山有自信自己仍然沒變，還是和隸屬某『政府機關』時期，每天站在第一線、過著與危險共舞生活時的自己一樣。

可是因為某個原因，離開那個工作已經三年了，這樣一想，應該要更有自覺，自己察覺危險的能力已經退化了才對。

燈山確認手上僅有的另一支麻醉槍。收在外衣口袋的小型麻醉槍做工精巧，是不輸真槍的卓越工業產品。

擁有這種東西，再度證明了『綠屋』是個非法結社。知道這點，燈山對自己欠缺慎重更是難辭其咎。

明明在一聽到那個團體聚集了全國各地的超能力少年進行訓練時，已經立刻聯想到應該與『三年前的那個事件』有關，所以我才會收留那些少年，心中也決定要查清楚他們逃出來的『綠屋』的實際情況。明明都已經做好準備了！

如果在這裡被敵人抓住，那就偷雞不著蝕把米了。

如果『綠屋』真的跟三年前三名同事失蹤的事件有關，那我被抓了之後，我的身分就會曝光。這樣一來，我也會被埋葬在黑暗之中，就像那些消失的同事一樣。

燈山握著麻醉槍的手滲出汗水。

槍的性能，燈山在後山試射的時候已經確認過了。為了配合特殊的麻醉子彈，這把槍最多只能連射三發。敵人最少有十個人，就算順利打倒三個，在換彈匣的時候也一定會遭到對方的反擊。

怎麼想都沒勝算。

如果小龍沒事，就能用氣功遠距離攻擊敵人了……

黑暗中傳來互相交談的聲音，敵人似乎開始行動了。

他們壓低腳步聲，慢動作入侵倉庫。

燈山調整好呼吸，瞄準其中一個目標。

敵人不知道我手上有和他們相同的麻醉槍。總之，先撂倒前面三個人吧，後面的就看著辦吧。燈山在心裡這麼決定，手指扣上了扳機。

『燈山姊，請等一下。』有個聲音突然叫住她。

燈山嚇了一跳，轉過頭去。黑暗中有對眼睛正閃閃發光的看著她。是条威。

『条威，你醒了？』燈山不自覺的叫出聲。

『找到了！在那堆東西的陰影那邊！』

敵人大叫，一起把槍朝向燈山兩人所在的位置。

『呿！被發現了，多謝你幫忙啊！』

『沒關係，燈山姊，妳只要射一發就行了，對著右邊數來第三個男人。』条威語氣清楚的說，完全感覺不出他剛從長期昏迷中醒來。

『你不是剛醒來嗎？幹嘛突然……』

『別管那麼多，快照我的話做，這樣子一定逃得掉。』

聽到条威自信滿滿的發言，燈山想起綾乃他們提過条威的能力。

如果他真的知道未來的話……

『……我知道了，就照你說的做，後果我可不負責啊。』燈山舉起麻醉槍，將準星對著条威所說的目標。

『我會給妳信號，妳只要扣下扳機就好。』

燈山沉默的點點頭。

『喂！我們已經知道你們躲在那邊了。乖乖出來的話，就不會有苦頭吃。』那名男子不知道燈山的手上有武器，放低槍走近他們。

『就是現在！』聽到条威的暗號，燈山扣下扳機。

啪咻！一聲悶響之後，目標男子仰身倒下。

燈山看見敵陣中一陣騷動。

她想，現在再打倒兩個很簡單，於是問条威：『槍裡還有兩發子彈，夠嗎？』

『沒關係，剩下的我來。』条威說完，毫不猶豫走出陰影。

『咦？等、等等！喂！』

『出來了！是条威！』敵人紛紛將警用手電筒照向条威。

然而，条威卻從容不迫走近其中一位敵人，伸出手指說：『到此為止，你們回去吧，不照做的話，就別怪我了。』

『臭小子——！』受到挑釁的敵人對著条威發射麻醉槍。

一切都完了！燈山轉過頭去。從那麼近的地方開槍，就算沒用過槍的人也一定能打得中。

可是，子彈卻射偏了。

不！是条威躲開了！他只是將身體微微一偏，從三公尺距離射出的麻醉彈便錯身而過。

下一個瞬間，開槍男子的太陽穴上挨了条威手上某個東西的輕輕一擊，就直接倒地了。

接下來，不過只是數秒的時間。

敵人紛紛準備開槍射擊条威，其中一個人在準備扣扳機時，条威卻突然不見了，跟著就被擊倒；另一個人鎖定目標開槍射擊，也被躲開了，和第一個倒下的人下場相同，吃了一記反擊倒下。

『不、不行了！撤退，暫時撤退！』

敵方帶頭的男子一聲令下，剩下的敵人全數逃出倉庫。到此為止，前後花不到十秒鐘。

『可以出來了，燈山姊。』条威說完，丟開右手上握著的那個東西。東西發出輕脆的聲響滾落地面，是長十公分、斷掉的球棒把手。

他只是拿著那種東西輕輕敲，就能把高大的大人們一擊打倒嗎？

燈山從隱身的陰暗處出來，亢奮的問：『剛剛是怎麼回事？為什麼你可以躲開子彈？還有，為什麼瘦巴巴的你只是輕輕一敲，就可以把那些身材魁梧的男人像積木一樣打倒？……』

『因為我知道啊。』

『知道什麼？』

『我知道怎麼閃可以躲開子彈、可以讓對方找不到我，也知道打哪裡可以打倒對方。我都知道，所以對我來說易如反掌。』

『你說……知道？怎麼可能有那種事?!』

『妳不懂嗎？』

『廢話！哪有人只是因為知道，就可以躲開子彈、打倒壯碩的男人？』

『不是有一種情況，例如小朋友從五樓的陽台掉下來，卻毫髮無傷的獲救；或是遇到墜機卻得救的生還者。相反的，也有不少例子是只在路上摔倒就死掉。只要事先知道這些「偶然」或「奇蹟」，再做好決定行動，就能夠閃開子彈、輕鬆打倒人了，妳不認為嗎？』

条威的說法並非不能理解，但燈山心裡的常識卻拒絕認同。

她表現出來了嗎？条威露出一副被打敗的表情說：『妳還真是頑固，雖然這點早就知道了。』

『早就知道？什麼時候？』

『我之前醒來的時候。』

『連我的名字都知道？』

『當然。』条威微笑著回答。

那是天使般的笑容，但燈山卻連他的笑容都覺得可怕。

『燈山姊。』

『呃？怎、怎樣？』

『小龍麻煩妳了，我得去幫夥伴們才行。』条威說完，跑出昏暗的校園。

燈山呆呆的看著条威的背影。

『翔那小子真是，撿到個不得了的傢伙。』

燈山自言自語，同時從口袋裡拿出手機。

按下了一一〇之後……最後她還是放棄按下通話鍵。

該怎麼說明才好呢？難道要說這裡有超能力少年在作亂嗎？還是要說某個秘密組織的惡徒在學校裡開槍？

一定會被笑、不當一回事、被狠狠罵一頓，『三更半夜的，別開玩笑了！』再說，現在這種情況已經不是鄉下小鎮的警察能夠處理的了。

燈山打到過去工作單位的二十四小時緊急聯絡電話，硬是叫以前的上司來聽。

那個男人在燈山離開單位後，仍然和她保持聯絡，是個絕對能夠信賴的人物。在他擔任燈山的上司時，沒有因為燈山是女人就有所寬貸，仍然給予燈山嚴苛的任務，但燈山反而感到高興。

雖然時間不長，他們有段時期也曾經是戀人。

不過，即使對方是他，燈山還是暫時隱瞞了超能力少年的存在，只傳達遭到某個危險地下組織攻擊的事實。

對方雖對燈山所處的狀況存疑，但仍答應幫忙。

『我馬上以專案處理，另外派警官過去。妳留在原地待命。』說完，上司掛掉電話。

『要我待命啊……』燈山想起『復職』這個字。

事情演變到這種地步，自己應該要有組織做後盾比較好行動。就當是為了一雪三年前的恥辱也好。

『不能再繼續待在這裡，不曉得翔的情況怎樣了？』

燈山揹起失去意識的小龍，走向超能力者們戰鬥的校舍。

註❸：海洋學校，體驗海上生活的校外教學活動。

6. 萬分之一的奇蹟

我飄浮在距離拆除中的木造體育館地面三公尺高的地方。

猛丸使用念動力，以腳踏車的速度讓我撞向籃球架。撞上籃板的時候，我緊緊抓住籃框，拚命掙扎。

幸好只是肩膀撞到籃板，如果是腦袋直接撞上去，現在早就腦震盪、當場失去意識了。

猛丸使出驚人的念動力，想把我拖離我緊抓不放的籃框，還把我的身體甩向四面八方。我只好拚命忍耐。後來猛丸八成是累了吧，癱坐地上，停止發動能力。

『你還真難纏耶。』猛丸不耐煩的說：『我是不曉得你有什麼打算啦，但你打算從頭到尾都不使出自己的超能力、沒出息的抓著籃框嗎？想用就用啊，翔，你的超能力不是很厲害嗎？』

『不，真的沒什麼大不了的。』我說。

其實手已經痛到快要抓不住了，但我擔心他會突然展開攻擊，所以不敢回到地面上。

『你是謙虛？還是看不起我？』

『我才沒有看不起你啦！真的真的！真的沒有……』

『沒看不起我，就使出你的念動力啊！你不是讓疾駛中的車子衝撞、讓風颳起，還讓十發麻醉彈同時射偏嗎？』

『哈哈、哈……我有做過那些嗎？』

『喔～～～看來，你完全不把那些放在眼裡嘛。很好，既然如此，我也有我的打算。』猛丸說完，原本看著我的視線轉向其他地方。

他似乎在物色適當的物品，在環顧了散落著垃圾、壞椅子、破爛舊墊子的體育館內之後，他將視線停留在層疊的跳箱上，冷冷一笑。

『你想在上面吊到什麼時候隨你高興，我要拿那邊的跳箱撞你，把你砸爛。如果這樣你還能不抵抗，就試試看吧！』

猛丸開始對著滿是灰塵、壓扁了的跳箱集中注意力。跳箱發出喀答喀答的聲音，最上面一層開始搖晃。

『等等！等一下，猛丸！』

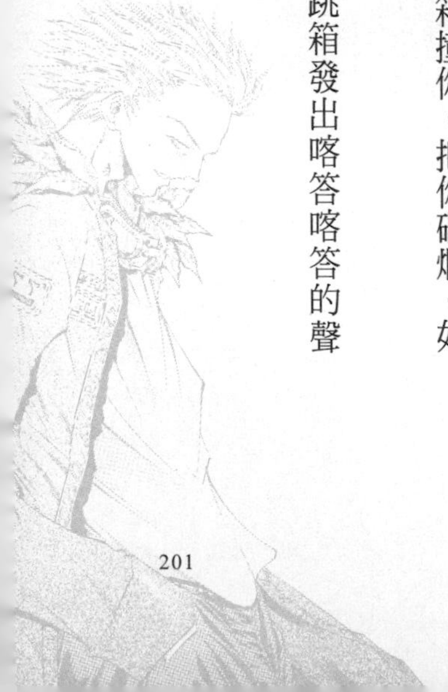

『怎樣？有心要打了嗎？』

『不是，我希望你聽我說。』

『說？說什麼？』

『我希望你別再做這些事了。我不清楚「綠屋」那些傢伙跟你說了些什麼，可是，好不容易得到這麼珍貴的能力，你不覺得把它用在這種場合很蠢嗎？』

『蠢？』

『是啊！把力量用來幫助其他人不是比較好嗎？電視上不是也有演？這樣一來，你就可以變成大英雄了呀！』

『呵呵，你的腦袋才有問題吧？既然和我有相同的力量，你就應該明白，那些平凡人見識到我們能力的時候會有什麼感想，你應該知道啊……』

我哪知道啊！再說，我也沒有和你一樣的力量啊！

『喂，翔，你也是超能力者，那你應該想過吧？如果我們真在大眾面前展現能力，一開始確實會有人覺得有趣，也可以因此上電視，就像馬戲團的驚奇表演一樣，引起一陣子的風潮。可是，那些出於好奇的眼神，很快就會被恐懼取代，大家會覺得縱容我們這種怪物四處橫行，難保不會幹出什麼壞事，最後一定會抓住我們，把我們四分五裂，或者關進牢裡當成研究材料，不是嗎？』

我無法反駁。

仔細想想，他說得或許沒錯。人類害怕異種，只要擁有能力超乎常理判斷的人出現，就會把對方當成神明敬畏，或者視為惡魔進行恐怖迫害。就像大家稱基督為神之子，他卻被當權者釘上十字架。

事實上，當我第一次見到綾乃的力量時，也覺得很害怕。我想，當時我沒有奪門而出，大概是因為她向我求救的關係。

包括假裝折彎湯匙的魔術師在內，超能力者的話題在古今中外都有聽聞，但是，卻沒有人親眼見過百分之百的超能力者上電視或上新聞。

搞不好正牌的超能力者不少，只是為了避免被迫害，所以就隱藏著自己的能力過日子，沒有公開而已。光是在我身邊，這兩天所遇到的正牌超能力者，隨隨便便就已經有七個人了。

假使知道自己具有特別的能力，應該也會向綾乃他們一樣，對想利用他們的傢伙隱藏能力。所以我們這種普通人不會見識到，就算說得煞有介事，也不會聽到有人想要證明。

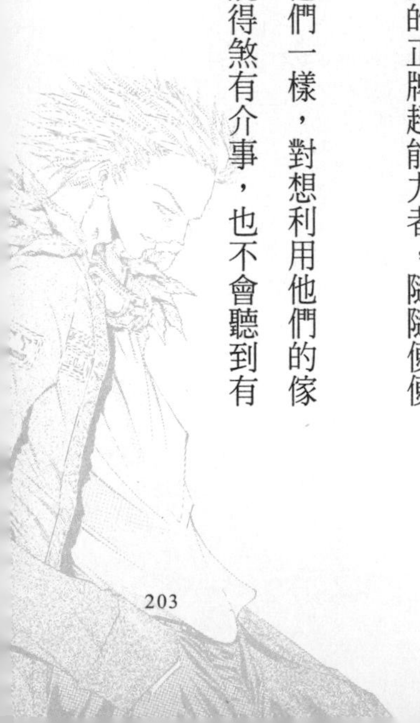

一定是這樣。

我突然同情起一直害怕自己的猛丸來。

他一直遭受著不合理的欺負，後來得到跳脫欺負的力量，卻又必須過著擔心自己的力量被其他人知道的生活。

多麼悲慘的命運啊！

他所展現的暴力，或許就是心中的吶喊。

誰來幫幫我！他哭著呻吟的吶喊……

不只猛丸，綾乃他們也是。而他們這麼信賴彼此、重視彼此的原因也在這裡。他們是命運共同體、無可取代的夥伴，所以海人才會離開或許也感到害怕的『無國籍街』兄弟，選擇了綾乃他們。

『喂，翔？』猛丸出聲喊我，讓我回過神來。

『呃？什、什麼？』

對喔，現在不是同情他的時候，也不是思考綾乃他們的時候。

『我覺得你這傢伙挺不錯的。』

『是、是嗎？……』

『我覺得應該可以和你當朋友。我本來想把你變得破破爛爛，來證明我的能力，不過，如果你聽我的話，我可以放過你唷。』

『什、什麼？你要說什麼？』

『要不要和我一起回「綠屋」？我們一起改變世界吧！我們可是新進化人類的先驅喔！如果現在的人類是十萬年前的尼安德塔人，我和你就是四萬年前的克羅馬農人，不對，應該還要再高級一點。所以大家才會怕我們、不斷迫害我們。「綠屋」就是為了避免這點而建立的。這些事情是帶我到「綠屋」的「農夫」——生島主任說的。他說，希望我能成為人類進化的一大助力。』

哪有這種事?!你被騙了。雖然我不知道秘密設施『綠屋』裡的那些傢伙有什麼企圖，但建立『綠屋』的人應該不是超能力者。

所以，他們不可能希望超能力者領導這個世界！

他們收服猛丸等人，一定是為了其他目的！

『翔，你也加入我們吧？別和条威他們一起，我們這些超能力者應該在人類之上，難得神明給了我們這種力量，讓我們去改正這個只有壞人得利的世界……』

『你錯了，猛丸。』

不曉得為什麼，我突然覺得一肚子火。不是猛丸的關係，而是對那些傢伙竟然胡亂灌輸這些思想給猛丸感到憤怒。

『我錯了？哪裡錯了？』猛丸反問。

我放開籃框，跳下地面。地面的木板發出啪嘰一聲裂開，我腳步一個蹣跚，摔了個屁股開花。真丟臉，如果能帥氣的跳到地面上，多少有點像英雄吧？

可是……不曉得為什麼，我好像已經不覺得猛丸有那麼可怕了。

『大錯特錯，你被「綠屋」那些傢伙騙了。』

『我被騙了？』

『是啊，還不明白嗎？你被利用了。』

『開什麼玩笑，王八蛋！為什麼我會……』

『我沒在跟你開玩笑。你真可憐，連自己被騙、被利用都沒察覺。』

『可憐？你說我……可憐?!』

『很可憐，還被迫跟同樣擁有超能力的夥伴們互相愚蠢的廝殺……』

『可憐……竟然說我……』

『猛丸？』

『可憐……』

猛丸突然顫抖起來。他的眼神很奇怪，呆然凝視著虛無的空中，嘴巴半開。

『怎、怎麼了，猛丸……』

『殺了你……』

『啊？』

『我要殺了你！』

猛丸失去焦點的眼睛，充滿憎恨的瞪向我。

糟了！我連忙抓住手邊的柱子。

『給我去死～～～～～！』

猛丸以念動力喚來的風與他的憤怒同時激烈的作動。

拆除中的老朽體育館遭到劇烈的精神波席捲，發出吱吱嘎嘎的聲響。

猛丸手裡彷彿拿了武器，胡亂施展超能力攻擊。

我快被狂風吹跑了，拚命抱住柱子。

『混帳！吹跑你！讓你見識一下我的厲害～～～！』猛丸說著，從襯衫口袋裡拿出數顆膠囊，一口氣全送進嘴裡。

『痛扁你！』他咬下嘴裡的膠囊，皺了一下眉。應該很苦吧？

然而就在下一秒，猛丸的模樣變了。他一口氣吸收溶解在唾液裡的藥物，臉部肌肉痙攣得彷彿不是他的臉，眼睛眨個不停。

他的身子打了一下冷顫，從喉嚨深處發出哀嚎般的慘叫。

『咿咿咿咿咿咿咿咿咿咿咿～～～～～～！』

狹窄的體育館內颳起龍捲風，不對，不是風，而是猛丸的精神波。

比起猛丸之前使用的力量還要強大上數倍、數十倍的驚人念動力衝擊波，將僅剩的窗玻璃震碎得七零八落；地面翹起的木板全部被掀翻剝離；四散的椅子、跳箱與墊子在空中亂舞、打破牆壁。

樑柱腐朽、準備拆除的體育館，哪裡耐得住這種壓倒性的力量？

我抱住的柱子從上半部折斷傾倒，連其他環繞體育館場的幾根大柱子也一一跟著折斷。

第一根柱子一倒，我整個人被甩到體育館入口附近。

大門早就被硬扯下來，不見了。

我立刻滾到了外面，不過又馬上轉回體育館內，尋找猛丸的身影。

他正抱著頭，跪倒在地上。我用肉眼就看得出來，精神波的急流從他小小的身體裡奔湧而出，擋也擋不住。

情況失控了。還沒成熟的精神，控制不了藉著大量藥物爆發的念動力。

狂亂的力量停不下來，繼續破壞木造體育館的牆壁與柱子。最後，整座體育館開始搖晃。

眼看著體育館晃動得愈來愈厲害，我的直覺是——這裡要塌了！猛丸也會成為崩塌體育館的肉墊！

我反射的奔回體育館中。

『猛丸！快逃！』

我一邊閃躲掉落的玻璃碎片與天花板木片，一邊拚命跑向猛丸。

『啊……啊啊……唔唔……』

猛丸也注意到我了！他轉過頭，語不成調的呻吟著，眼裡也泛著淚，搖搖晃晃的對我伸出手，就在下一秒——

轟！雷鳴般的聲音響起，體育館崩塌了。

我伸手抓住猛丸的手，必須逃出去才行！

這邊！

轉過頭，那邊的出口已經不見了，因為被崩落的建築物殘骸給堵住。

我立刻看向天花板，原本十公尺高的天花板，現在已經只剩五公尺了。無數的瓦礫、折斷的柱子和木板交疊落下。

完了！會被壓死！死定了！

……我不要！我還有……

想到這裡，我的腦袋一片空白，耳朵只剩轟然崩落的聲音，我就失去了意識。

當条威來到翔與猛丸交戰的木造體育館前，正是這棟老舊建築崩塌後沒多久的時候。他吸入揚起的粉塵，嗆到了。

条威用襯衫的袖子遮住口鼻繼續前進，只見瓦礫、斷樑殘柱、破碎的牆壁、壓扁的白鐵皮等交錯堆疊在一起的悽慘景象，浮現於月光下。

如果這樣的坍塌發生在住宅區，三更半夜的，早就引起大騷動了，幸好這間國中的四周都是田地和樹林。

在燈山晶呼叫的警官們到達之前，還有事情非做不可。条威想著，正準備搬開瓦礫堆時——

『条威！』

『你這傢伙幾時醒來的啊？』

是綾乃與海人的聲音。

条威轉過頭，看到他們兩人正全力跑過來。

『啊，看來你們兩個沒事。』

『嗯，還挺得住啦。』海人說。

他臉上有挨揍的傷痕，嘴邊正流著血。綾乃的臉上也露出極度疲憊的神情。

『你們費了一番力氣才打贏麻耶和將吧？』

即使是条威，也沒辦法知道所有的未來。

他『幾乎』沒辦法知道太遠的未來；而比較近的未來，如果與他本身無關的話，也不一定全看得見。

可是，他知道綾乃他們這次不會被殺或被抓，能夠平安渡過危機。

話雖如此，但『平安』也有限度。

說真的，見到無可取代的夥伴們精神奕奕的跑過來，条威也鬆了一口氣。

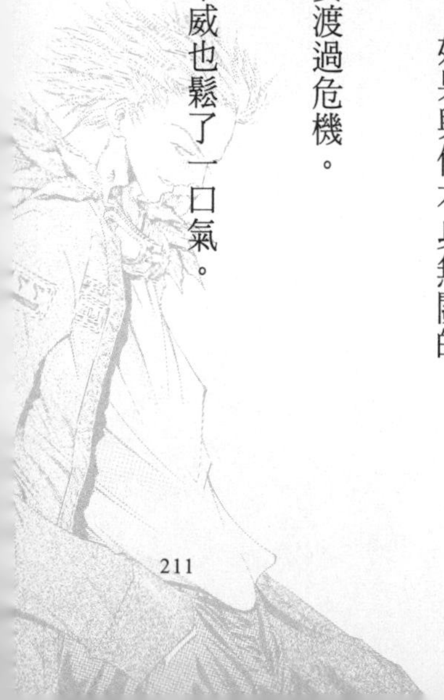

『那兩人怎樣了？』条威開口問對戰的經過。

『我這邊的話，最後因為找不到麻耶而結束。我已經飛不動了，那傢伙一定逃掉了。』綾乃有些不甘願的說。

『我把將逼進死角了。』海人側身說。

『哎呀，是嗎？但你渾身是血耶？』

『什麼？別說傻話了，那傢伙更慘，到處都是燒傷好不好?!只是我也不想燒死他，就放過他了。』

『哎唷，隨便啦！重點是，条威，這是怎麼回事？』綾乃指著化為瓦礫堆的體育館說。

『翔和猛丸到哪去了？那堆瓦礫該不會是那兩個念動力超能者的傑作吧？』

『啊啊，猜得很接近了。他們兩個應該在那堆瓦礫底下。』

『咦咦？你說什麼?!』

『騙人的吧？喂！他們被活埋了嗎？……』

『沒事的，他們還活著，兩個人都沒事。』条威說。

『你說真的嗎？』

『真的啊。』

『太好了……』

『呿！害我心跳快了一下。』

綾乃與海人呼了口氣，癱倒在地。

『可是，不快點救他們出來的話，警察一來就麻煩了。』条威說。

『警察？是誰把那些傢伙叫來的？』

『當然是燈山姊啦！現在大隊人馬應該已經在路上了，所以「農夫」他們、還有和你們對戰的麻耶及將，才會連忙離開。』

条威隱約感覺敵人撤退的原因沒那麼單純，只不過現在還不到說出口的時候。現在我們需要集結眾人的力量退敵，增加大家的自信。

『条威，我進去！得找找翔他人在哪裡！』話還沒說完，綾乃已經閉上眼睛，靈魂出竅了。

——起來。——

好像是老媽的聲音。

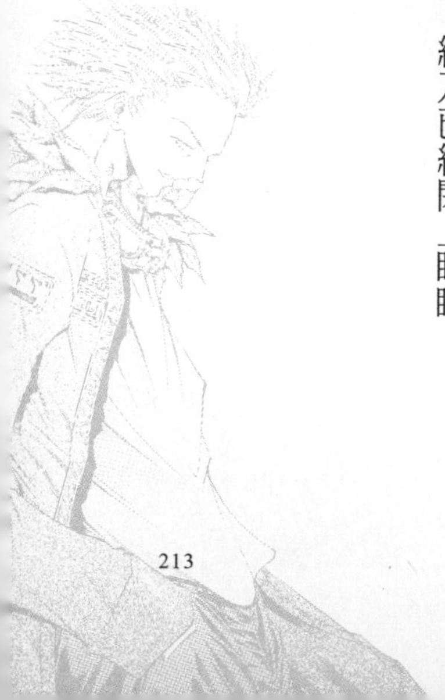

今天要上課嗎？

已經要起床，不能再多睡一下了嗎？

咦？黃金週假期已經結束啦？

老媽和老姊們已經從夏威夷回來了？

……那我到底做了些什麼？

——起來，翔。——

嗯……我還想多睡一下。

反正妳們一定和平常一樣，因為我愛賴床，所以故意提早叫我起床，對吧？

再睡一下下，再五分鐘……

——快起來！——

『遵命！』

我啪的坐起身來，但我下方躺的不是床，而是濕潤的土地。

我好像夢見老媽的聲音。

對了，我想起來了。我和猛丸在即將拆除的體育館內對戰……

然後……我們應該被崩塌的體育館壓成了肉餅才對啊？

『你醒啦，翔。』聲音就在我身旁。

我嚇了一跳，藉著頭上射入的微弱光線一看，猛丸就躺在一邊。

『猛、猛丸……』

『別擔心，我不會出手了，或者是說，我也沒辦法動手。現在光是要開口說話就很費力，更別提有力氣移動身體……』

看來他失控的念動力已經全數用盡。

『……再說，你是我的救命恩人啊！』

『我？』

『你不記得了嗎？你不是跑回來救我？然後你護著我，用念動力擋住體育館的崩落。』猛丸說著，視線看向頭上。

掉落的樑柱組合成複雜的形狀，正好形成了一個『屋頂』。

斷裂的木材與破碎的板子正好交疊成圓頂狀，以絕妙的平衡擋住掉落的瓦礫及玻璃碎片。

我和猛丸所在的地方似乎是地板底下，這裡土壤露出，空間只能容納一個人爬行。摧毀地板的瓦礫和木材四散，不過順利避開的話，應該能夠逃到外頭。

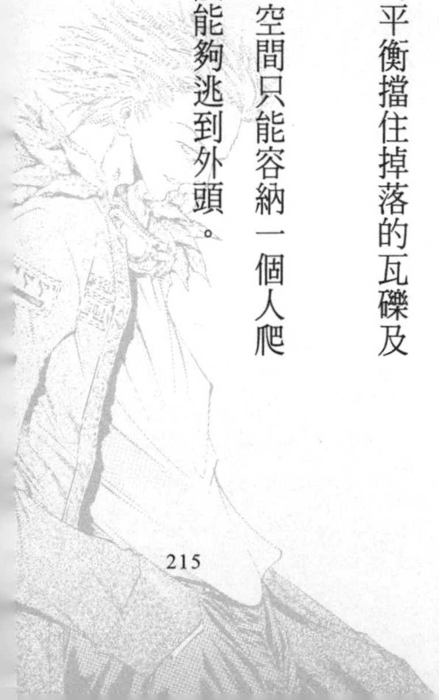

我們是從掉落的柱子所打穿的洞，跌進這地板底下的空間的。

一開始從我們兩人頭上掉下、讓我們掉進地板下空間的木材與瓦礫，在快壓扁我和猛丸的時候停了下來。

這已經不是好運的境界了，根本就是萬分之一的奇蹟。

月光從瓦礫的縫隙射入。

在月光下，猛丸說：『真是厲害的念動力，一瞬間就擋住要壓下來的體育館殘骸。能做到這種奇蹟，我一開始就不是你的對手，怪不得你那麼悠哉，哈哈……』

『沒、沒那回事，我……』

這應該不是我的力量。不，即使真的是我的力量，能夠引發這萬分之一的奇蹟，我的運氣也未免太好了。

『……這真的只是運氣好罷了……』

『夠了，沒關係……』

身體動不了的猛丸眼角流下淚水。

『我輸了，翔，雖然不甘心，不過我稍微鬆了口氣，為什麼呢？哈哈哈……』

『猛丸……』

O·N·L·Y

其實，他也害怕自己怪物般的力量吧？結果卻在這種情況下被『敵人』救起。為什麼鬆了口氣，我隱約能夠理解。所以，雖然一切其實只是運氣好，我還是別多話吧。

『接下來呢？』猛丸說。

『接下來？』

『你要怎麼處置打算殺你的我？』

『沒打算處置啊，再說，也處置不了吧？』

把他帶去警察局，跟警察說他想用超能力殺我——說出來只會被警察笑吧？而且，我一點也不恨猛丸。對戰已經結束了。

可是……

『……猛丸，你可以聽我說嗎？』

『說什麼？』

『接下來你打算怎麼辦？還是要回去「綠屋」嗎？』

『……因為我無處可去了。』

『父母那裡呢？』

『我不想回那邊。他們一定也不希望我回去。』

『為什麼？』

『……因為他們認為我是腦袋不正常的「可憐傢伙」。』

什麼意思？

這麼說來，他剛剛也是因為『可憐』這個字眼才那麼生氣的。

『我剛剛說過，因為我把欺負人那群傢伙的頭頭推下軌道，結果被送進少年觀護所吧？』

『嗯。其實不是你把人推下去，而是念動力啟動了，是吧？』

『可是沒有一個人願意相信我，車站站務員、朋友、警察……甚至我母親。』

『連你母親也不相信你？……』

『從我很小的時候開始，我的父母感情就不好，因為這個原因，我開始無法吞下食物，醫生診斷為「拒食症」。再加上，因為在學校被欺負，所以就蹺課；還受欺負人的傢伙威脅，讓家裡拿出幾十萬圓，而且不是只有一次、兩次。我給母親添了很多麻煩……所以她才會說出那句話……』

『……』

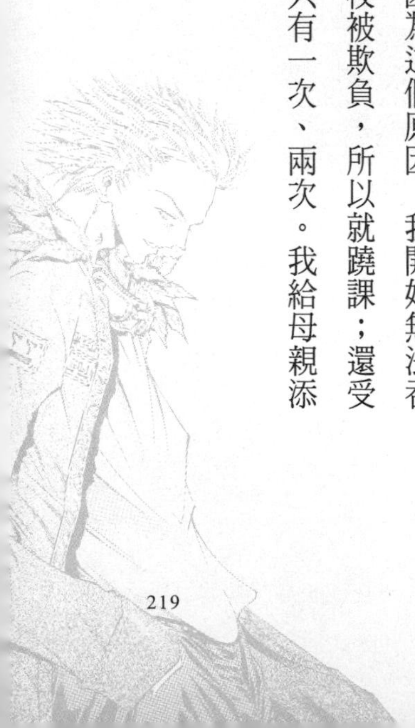

『她來警察局面會時，以同情的眼神看著我，說了句「可憐的孩子」……』猛丸邊說邊吸著鼻子，他無力擦拭，只能任由眼淚流滿整臉。

我也快跟著他一起哭了，但我還是忍了下來。為了猛丸，我要忍住。

我開口說：『那個，我，有兩個姊姊，但那些傢伙老是把我說得很過分，猜猜看她們說了什麼？』

『猜不到，說什麼？』

『她們叫我「運蠢書笨」，哈哈，知道是什麼意思嗎？就是「運動不行，念書也不行」。和兩個優秀的姊姊相比，我的名次從後面數起來還比較快。不只我姊，我媽也很過分，明知道我最討厭洋蔥，卻故意什麼料理都加一大堆。你覺得呢？』

『……你也不受家人歡迎吧？』

『我不認為喔。』

『呃？』

『因為啊，我小學的時候，總是學不會屈身上單槓，我二姊她就每天到公園教我，甚至蹺掉體操部的練習，不顧自己背負全校的期待。而我大姊，她在我考國中的時候，免費當我的家教老師；因為這原因，大姊她自己的大學入學考試挫敗，重考了一年。可是雖然如此，她仍然認為我沒考上私立國中是她的責任，到現在還宣示說我的高中入學考試就交給她了。』

『……』

猛丸停止哭泣，專心聽著我說話。

我繼續說：『我媽也是啊，我能理解老是在食物裡放洋蔥的用意。她大概在學校聽說，我因為不吃洋蔥，營養午餐常常沒吃完。在老媽他們那一輩，老師是絕對不准營養午餐剩下的，沒吃完就不能回家。所以她一定是擔心我再這樣下去會被欺負，要讓我習慣吃洋蔥。嗯，一定是這樣，沒錯，一定是的。』

我像在說給自己聽似的，不斷重複。猛丸看著我，忍不住笑了出來。

我見到他笑，更滑稽的豎起食指說：『她們那些傢伙平常真的很過分喔，把我當成眼中釘，說得一文不值，真的很令人生氣。有時我也會發飆，但發飆歸發飆，還是拿她們沒辦法，但是……』

『……』

『我想，這就是家人吧。』這是我真實的心情。

遇上和我年紀差不多、卻無家可歸的少年後，我發現自己可以坦率的承認，我

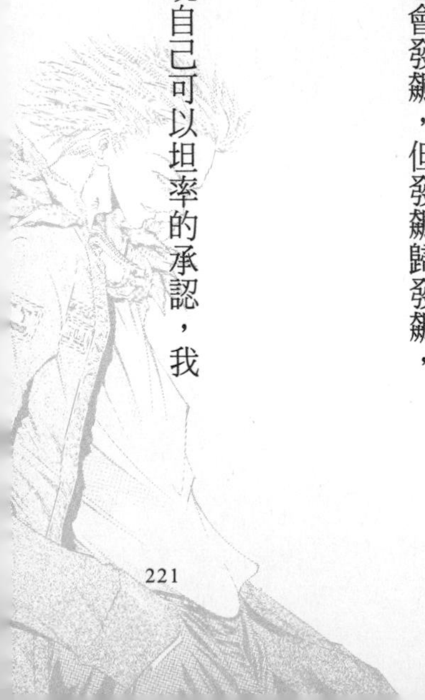

比很多人要幸福多了。

『……家人。』

『是的，家人。你的父母一定也一樣，我認為他們沒有拋棄你，只是因為要面對的太多，做母親的有些痛苦而已。』

『……』

『為什麼不換個想法，回家一趟試試看呢？』

『……』

猛丸沉默，又流下了淚水。他的表情分不出是在哭或者在笑。

然後，他沒看向我，開口說：『翔……』

『怎樣？』

『你真是個好傢伙，我果然很欣賞你。』

『啊，是嗎？很少有人這麼告訴我耶。可是，拜託你別再要我跟你一起回「綠屋」囉！』

『不會啦，我也不打算回去了。』

『真的嗎？』

『嗯，真的。可是，你……該怎麼說，會把我當成朋友吧？』猛丸害羞的說。

『那還用說！』我由衷的點點頭。

突然感覺到附近有人，環顧四周，我發現靈魂出竅的綾乃正哭著看向我們。

她是來找我們的吧？

遠處傳來警車的警笛聲。

情況似乎有點不妙。被抓到的話，就會被發現讓預定拆除的破爛體育館提早解體的，正是我們。

綾乃以動作告訴我，快點離開這裡吧！

我點點頭，扶起動不了的猛丸說：『走吧，大家在外頭等著我們。』

爬進地板底下、拉住我的手迎接我們的，是条威。他看著我，臉上是一切了然於胸的笑容。

『好厲害喔，翔！果然是你的傑作！』綾乃像家犬似的撲過來。

看來我又被誤會了。

『呿！你這傢伙真亂來！』海人果然也以為毀了體育館的人是我。

『現在更重要的是，來幫忙啦。』我說。

聽完我的解釋，海人幫我把勉強被我拖出來的猛丸從地板底下拉出來。

這時候，警車已經近到能夠清楚辨識它的紅色燈光了。

『喂！翔！你沒事啊！』燈山姊揹著失去意識的小龍跑來。

這下子全員到齊了。

燈山姊是警衛，出現在學校很正常，但我們被發現就慘了。

總之，我們暫時先回『校務員室』，幫猛丸和失去意識的小龍叫救護車。

急急忙忙返回校務員室的途中，条威抓著我的肩膀說：『好久不見，翔。』

雖然和冬眠中的条威常見面，可是像這樣清醒的面對面，應該是第一次吧？

我們只有在之前他稍微醒來一下的時候，四目相對過。可是不曉得為什麼，我的胸口湧上一股懷念的情緒。應該是很久很久以前，曾經見過吧？

但是，我仍然不知道到底是在什麼時候、在哪裡曾見過了。但我仍然回答：

『嗯，好久不見，条威。』

条威靜靜的微笑著，就像個老朋友。

等我明白那微笑的『意義』，已經是很久很久之後的事了。

昏暗的會議室中只亮著綠色照明。選擇冷冽的綠光做為這房間的照明，是因為它具有壓抑情感的效果，還能夠更模糊戴著面具的委員們的臉。

『綠屋』基於保全因素，原本窗戶就很少，可是完全沒有窗戶的這間會議室，更讓人窒息。

生島荒太在『化裝舞會』眾委員的視線環繞下，屏息站在會議室正中央。

『那麼，生島，請解釋一下你不管逃走的四名「野生種」、還拋下五名「農夫」盡速撤退的原因。』

這段話聽得出來，處分已經決定了，但生島確定自己暫時不會受到處分。

『是的。首先第一點，警察很可能找上門來。』

『這種話不是理由！』其中一名委員大聲說。

『請見諒。』

生島盡力保持平靜說：『當然還有其他更重要的原因。』

『是什麼？』問話的是唐木所長。和其他委員不同，他沒有戴面具。

『我打算讓他們暫時逍遙一陣子，想先觀察他們看看。』

『為什麼？』所長探出身子。

『因為……我們「計畫」中少不了的「類別零」，可能正和他們一起行動。』

委員們開始呼喊起來。

『「類別零」會帶給其他超能力者什麼影響，從兩千年前被稱為耶穌基督的能力者與十二使徒的關係上，就能夠看得明白。各位覺得如何？可否暫時讓我全權處理他們的事呢？』

委員們與身邊的人小聲交換意見。所長則不高興的瞪著打算越級辦事的生島。

生島忍著笑，同時心想：你們這些戴著面具的守財奴，給我看著吧！到時候就要你們哭喪著臉！

生島心中早就定下推翻『化裝舞會』的計畫，開始萌生野心了。

『類別零』。這個詞在生島的心中逐漸膨脹擴大。

不過，現在還太早了。現在要做的事情是，從『栽培種』中選出新的成員，送到那『五人』身邊。

準備工作正一步步的順利進行中。

只等……那一天的到來。

前言・再度登場

學校的騷動發生後五天，我若無其事的面對從夏威夷回來的老媽和老姊們。綾乃、海人、小龍、醒來的条威，連燈山姊都住到我家來，六個人每天吵吵鬧鬧的痕跡，已經收拾得乾乾淨淨。

老媽拖著塞滿名牌包與靴子的『ABC STORE』旅行箱，心情好得很。

給我的禮物是TAG Heuer潛水錶。

這麼昂貴的禮物，既不是我主動要求的，也不是我的喜歡的。那她們為什麼會買這種東西給我？

——『媽，讓翔那傢伙戴這種東西，他或許會比較喜歡出門吧！』

『是啊，大姊說得沒錯，差不多該讓翔走出房間，別老躲在裡頭玩模型了！』

『哎呀，好主意，我們就買這個給翔吧！而且又很輕，不會增加我們行李的負擔。』——我的腦子裡不由自主的浮現這些對話。

用不著她們擔心，我也打算今後多多出門呢！

只是，真正的原因不能告訴家人。反正，說了他們也不會相信。

多虧有燈山姊的妥善處理，體育館倒塌和走廊玻璃全破，最後全都歸咎於當時發生了局部龍捲風的關係。

來了三輛警車的事情，以及當時在校園角落倉庫逮捕五名昏倒的詭異武裝集團人士的事情，不曉得為什麼都沒有登上報紙，甚至也沒向學校報告。

如果這一切真是靠燈山姊的幫忙，那她果然不是普通的國中工友。

虛脫狀態的猛丸被送進特殊醫院，這也是透過燈山姊的安排。

出院後，猛丸一定會遵守和我的約定，回到父母身邊。我想他的家人一定也在找他。

我擔心他會不會又被『農夫』帶走，但条威他們說，如果真的那樣，他們絕對會去幫他的。當然我也會去。

燈山姊自信滿滿的要我不用擔心猛丸。她似乎在我們不知情的狀況下，做了不少事情。

她愈來愈不常待在學校的『校務員室』，也愈來愈常有神秘電話打到她手機。

她果然不是普通人。燈山晶究竟是何方神聖？

燈山姊對我說：下次就換我們進攻了。

這話是什麼意思？該不會將要發生什麼不得了的事件吧？

感覺有點恐怖。

附帶一提，条威他們仍然誤會我是超能力者。連無所不知的条威也相信，才教我感到最不可思議。

我到現在還沒辦法對他們坦白，只對燈山姊偷偷說過。

結果燈山姊說，他們那樣想就讓他們那樣想，有什麼關係？你的確救了他們四人還有猛丸啊，有自信點嘛！

我覺得問題不在這裡，不過……就算了吧。

對了對了，還有一件大消息。

事實上，条威他們轉到我讀的國中來了。

条威買樂透，中了幾百萬，於是他們四人在附近租了一棟房子住。

不用說，条威當然是藉著他的預知能力買下會中獎的彩券嘛。這種做法實在有點陰險吧。

轉到我們學校的小龍是國中一年級，条威和海人則是在我隔壁班。
綾乃轉到我班上，座位就在我旁邊。
她穿著水手服，故意開心的微笑著說：『初次見面。』
樣子看來就像個普通的國中生。
不普通的地方，是她的可愛讓全班男生歡聲大作。
看來，大家會相處得很愉快。
才想到這裡，班上男生又是一陣歡呼。
『喔喔！那是誰？』
『咻——！』
當我還在想怎麼回事，轉過頭時，門口站了個身穿制服的少女。
一看就知道男生們為什麼歡欣鼓舞了。
她是與綾乃不相上下的美少女。
『老師，對不起，我遲到了。』少女說著，微笑一鞠躬。
『喔。我等妳很久了，剛剛正好介紹完另一位轉學生，妳進來吧。』
少女再度一鞠躬，走向講台。

看來我們班的轉學生，不只綾乃一個人。

事實上，後來隔壁条威他們班上，還有其他每一班，全都有新學生轉進來。

此刻的我絲毫沒有察覺，一個接著一個轉進這間平和鄉下國中的少男、少女們，即將把我們帶進惡夢般的『事件』之中。

〈下集待續〉

後記

青樹佑夜

各位讀者，初次見面。我是青樹佑夜。

如果您看過漫畫《閃靈二人組》，就不是第一次接觸我的作品，不過應該是第一次讀到我以『青樹佑夜』為筆名寫下的小說。（其實我到目前為止用其他筆名寫過不少小說。）

我認為自己的本行是『漫畫劇本作家』。這樣的我為什麼會來寫小說呢？請容我告訴你原因。

各位有沒有被老師及父母說過：『別老是看漫畫，偶爾也看看書』？

我小時候常常被這麼說。事實上，我書看得也不少，卻總是在看漫畫時被父母看到，讓他們皺眉頭。但我不畏艱難的繼續看漫畫，最後終於成了漫畫劇本作家。

現在想來，我的『念書』（看漫畫書）根本就是為將來的工作奠定基礎。

不，即使沒這麼諷刺的原因，我的知識中仍有不少是來自小時候看的漫畫。這些知識現在依舊相當有助益；只要和人交談，我就會驚訝自己竟然還記得這麼清

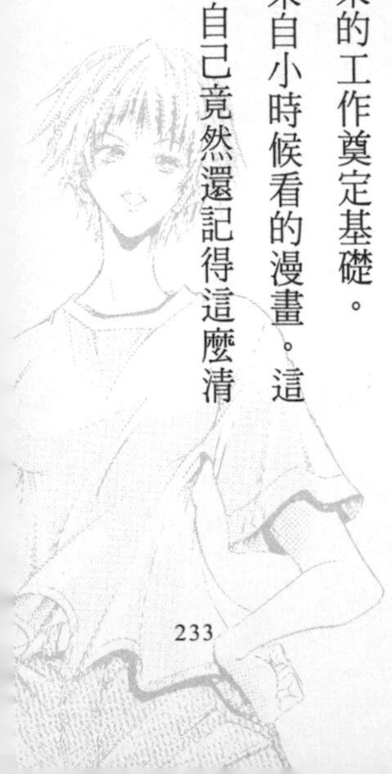

楚。一定是因為我看漫畫時，總是開心反覆閱讀的關係。

為了念書而強記的知識，存放在大腦側頭葉，因此馬上就會忘記。可是開心習得的知識存放在前頭葉，所以沒那麼容易忘。因此，不管是漫畫或者其他什麼都好，接觸有趣的書籍，是增加知識、長大後也不會忘記的秘訣。

糟糕，離題了。回到主題吧。

我的工作觸及漫畫與小說兩邊，但去思考比較漫畫與小說孰優孰劣、哪邊有趣哪邊無聊、哪邊有助益哪邊沒有，一點意義也沒有。兩邊都依其表現手法而有好的地方，兩邊都具有難以割捨的魅力。有不有趣、有沒有助益，這與漫畫或者小說無關，與種類無關，而是作品本身的優劣及有沒有重點。

作者不應該認為漫畫重視角色，所以對話內容如何沒關係，而小說就可以寫些稍微難懂、無趣的內容。兩種都一樣，都必須有活生生的角色、容易閱讀且有趣的故事才行。

可是，很少有人認為小說讀來比漫畫有趣吧？

為什麼？我想到的理由有二。

其一，年輕人容易閱讀的小說很少。適合大人閱讀的小說，無法否認其內容表現與世界觀上難以理解。

其二，事實上這正是重點。因為年輕讀者沒有閱讀小說的習慣。就像打電動，在習慣操控前，不也覺得無趣嗎？但是習慣後，電動就好玩多了。同樣的，小說也很有趣喔。只是它不像漫畫有畫面傳達，必須自己根據字句想像畫面。試著稍微費點心讀完，年輕人一定馬上就會習慣了。

我特別把這部《閃靈特攻隊》寫得像漫畫。我選擇能夠畫成漫畫的題材，以充滿漫畫畫面感的描寫手法，讓極富漫畫風格的角色自在來去。大膽捨棄瑣碎、有困難度的描寫，嘗試擺進些好笑的對話或引人熱淚的場景。

請各位將這部作品帶到港邊，將它推向名為小說、廣闊無止盡、波瀾萬丈的娛樂之海吧。希望它能讓年輕讀者發揮引以為傲的想像力。

基於這個想法，我將這篇故事以小說形式出版。

這本第一集，只是整個長篇冒險故事的序幕，後頭會愈來愈有趣，也希望這打算能成真。敬請期待。

你！居然成了背叛者！
已經無路可逃了……

被誤會為『念動力』超能力者的翔，
與条威等人展開了新生活。
看似平靜的日子，
卻因市內接連發生的少年、少女失蹤案而暗藏危機！
這與『綠屋』的陰謀有關嗎？
同時，蟄伏已久、更強的超能力者，即將現身……

閃靈特攻隊 2
•2008年11月 神速進攻！

國家圖書館出版品預行編目資料

閃靈特攻隊①/青樹佑夜作;綾峰欄人圖;周素芬譯. -- 初版. -- 臺北市：皇冠, 2008.06 面；公分. --
(皇冠叢書;第3750種 YA！；002)
譯自：サイコバスターズ1
ISBN 978-957-33-2429-4 (第1冊；平裝)

861.57 97009404

皇冠叢書第3750種

YA！002

閃靈特攻隊①

サイコバスターズ1

• 皇冠文化集團網址：www.crown.com.tw
• 皇冠讀樂Club：blog.roodo.com/crown_blog1954
• 皇冠青春部落格：www.wretch.cc/blog/CrownBlog
• 皇冠影音部落格：www.youtube.com/user/CrownBookClub
• YA！青春學園：www.crown.com.tw/book/ya

作　　者—青樹佑夜
插　　畫—綾峰欄人
譯　　者—黃薇嬪
發 行 人—平雲
出版發行—皇冠文化出版有限公司
台北市敦化北路120巷50號
電話◎02-27168888
郵撥帳號◎15261516號
皇冠出版社(香港)有限公司
香港灣仔駱克道93-107號利臨大廈1樓
電話◎2529-1778　傳真◎2527-0904
出版統籌—盧春旭
責任編輯—施怡年
版權負責—莊靜君
美術設計—許惠芳
行銷企劃—何曉真
印　　務—林莉莉
校　　對—鮑秀珍・余素維・施怡年
著作完成日期—2004年
初版一刷日期—2008年7月

法律顧問—王惠光律師
有著作權・翻印必究
如有破損或裝訂錯誤，請寄回本社更換
讀者服務傳真專線◎02-27150507
電腦編號◎515002
ISBN◎978-957-33-2429-4
Printed in Taiwan
本書特價◎新台幣199元/港幣67元